21世纪的

精神孤岛

我们和我们的精神世界

——Ourselves and our inner world

刘晗 —————— 著

中国工人出版社

目 录
CONTENTS

算不上病的城市病

餐桌上的迷惑与尴尬

欲速不达的过去，风驰电掣的潮流

猫居的疑虑与隐忧

纸中城邦的灯塔和迷局

算不上病的城市病

拖延症：死线之前的逍遥法则

拖延症向来都是勤快人的专利，时间对懒人来说一马平川，生活里没有 Deadline 等着他去“跨栏”，如同马克·吐温说的“后天能做的事，就别赶着明天做了”，但是拖沓并没有阻碍他成为短篇小说之父。同样，美国斯坦福大学的荣誉客座教授，当代哲学家约翰·佩里（John Perry）在思考、写作、授课的同时，还不紧不慢地主持着一档粉丝无数的广播节目《哲学清谈》。

然而，在这背后隐藏着他成功的秘密，作为一个资深拖延者，他从一片哗然中脱颖而出，把其拖延秘诀的口号印在 T 恤上在网络售卖，在提出其独特的拖延理论十五年之后才写成书。甚至，连他写的《拖拉一点也无妨》也成了他拖延时间，不批改学生作业的理由。这一切也挡不住全球拖延者的口口相传，《纽约时报》《华尔街日报》等媒体的联袂推荐让他人气爆棚，小册子的传播速度远超他诸多的哲学沉思录。如果约翰·佩里得到了畅销的喜讯，也许会笑嘻嘻地说："拖延只是时间在作祟，出版专著挡不住生活的逍遥。"

正向拖延：怠慢一事，促成多事

习惯拖延的人往往心里都有一座与他行事节奏相伴的专属时钟，从酝酿到完成的过程夹杂了多重任务，一个人的"冷思考"缓冲占去了绝大多数时间，所以才在他人眼中造成了不紧不慢的假象。作为资深的拖延者，约翰·佩里提出过"结构化拖延法"（structured procrastination），这门利用拖延成就工作的艺术，看似消极却能反过来为你服务，而且也有足够的理由为拖延者平反。

佩里眼中的拖延并不等于接手了任务之后什么都不做，而是积极地处理一些看似不急迫的事情，逃避做更重要的事情，把它们放在最后压轴解决，也足以证明足够重视。人虽然是理性动物，但意志薄弱，逃不掉生活中诸多诱惑的干扰，尤其在多种电子产品围绕的今天，这也不足为奇。然而，众多欲望、观念以及心血来潮的冲动都在抢夺控制权，操纵着身体和思考。他们对未来充满了迫切的理想，又徘徊于填满当下的虚无。拖延者向他人信誓旦旦许下诺言，之后却又陷于时间紧逼无法完成任务的煎熬之中。他们把理性看作欲望的外包装，或者被看作另一类欲望的化身，绝不会陷入世俗规则的圈套。

拖延者之所以沉溺于“自我伤害”的行为中，原因之一就是想要证明他们不是机器，但又迫不得已被置于任务的流水线之中。完美主义的天赋投掷在幻想层面，借用手边的任务满足自己的白日梦，沉浸在未来把事情做到极致的巅峰。与那些热衷于头脑风暴，风风火火地想要迫切抵达终点的人相比，结构化拖延者往往拥有独立自由、完美无缺的想法，如果可以自动分配时间，或许能完成各种事情，起码不像看起来的那样局促，但如果把中规中矩和条理强压在他们身上，很可能连一个零头也难以解决，时限表会限制住他们个性化的处事行动。虽然他们怠慢了一事，却促成多事，这样无形中在时间线上填充了多项任务，与此同时实现了任务的拆解，对于起初着手要做事情的思考也从未中止。就算是喝咖啡、听音乐、浏览网页这样看似悠闲的放松，也是为了辅助重点任务而来的调剂和助燃。

高效拖延：切割时间，优先安排

良好的自欺本领能激励结构拖延者做一些有用的事情，借此逃避那些看起来更重要的事情。在“deadline”赶到之前忍不住上网闲逛，把手头上正在做的事情全部平摊在眼前却视而不见，忙不迭地与高效人士搭档从而减轻自己的焦虑。拖延者天生就有“切时间”的本事，总抱着侥幸心理逃脱一次次的纷扰，他们的信条即是“切勿把那些在明天到来之前就可能会消失不见的事情在今天就做掉”，那些自发不去做的事就是绝好的额外福利，有时排在清单顶头的重要事项也会被自行取消，或者变得没必要做了。如果和一个不拖延的搭档合作，好似有闹钟上了发条一般，效率极高的他们还没等你开动，他们就已经进程过半了。与其望其项背地赶在他们身后遭蔑视，不如播放轻松的音乐，精心准备午饭，让他们把激情投入项目上，而让自己没有后顾之忧。

然而，高效拖延绝非靠着好运触手可及，手边平摊的文件随时提醒着工作正在逼近。对于他们来说，高效人士所用的层叠文件筐并不是用来整理的，而是把做完不打算再看第二眼的东西存放起来，或者是把不愿意看但又有价值的资料存档。凌乱的电脑桌面也是如此，眼不见心不烦在他们这里逆转了乾坤，在最后截止日期之前的冲刺，看到办公桌上一个个项目在减少，就会有一种痛快淋漓的感觉。但是有时开小差的坏习惯难以控制，趁回复工作邮件拐弯跳到其他网站，不知不觉逛到太阳落山，拖延者不会在工作的尽头抓狂，佛系心态促使他们等到某件肯定会发生的且能打断的事情快来的时候再上网，或者果断地把电源拔掉，电池耗尽时也就自然终止了浪费时间。

在心理上对抗拖延无计可施，就转而接受自己做事的习惯并合理利用。要为优先级最高的位置选对任务，最理想的备选任务具备两个特点：看似有明确截止期限但事实上没有，看上去很重要但事实上并不是。“改善”即是通过小的、可执行的步骤，这也是让拖延者修炼心境的秘籍，列一张当日待办事项清单，主要功能是让拖沓的人做完一件事就可以及时划掉，把大任务拆成小块，每完成一个就无形中增加了一种流畅的成就感。

社恐人：害羞背面是看得见风景的房间

越是遮掩的，越会招惹来猎奇的目光。乔·莫兰（Joe Moran），这位被誉为“具有惊人天赋的社会历史学家”擅长挖掘被大众长期忽视的领域，从《扶手椅上的民族：电视机前的英国人的私密史》《在路上：一段被掩藏的历史》到《为初学者排序：从早餐到就寝，日常生活的故事》，无不探寻着普通人的私密生活蓝本。

作为被害羞困扰已久的人，莫兰也为惺惺相惜者撰写了“害羞者心理指南”——《羞涩的潜在优势》一语中的，道出了他们的心声：在大众视野中，那个彻头彻尾的沉默怪咖，转而扮演着更加得心应手的角色，秘而不宣地为自己的“出逃”勾画了一条华丽的路线。害羞不仅仅是人类的专利，海豹、信天翁、紫罗兰……它们在应对残酷环境时都会打开自己的“保护伞”，如果说动植物的害羞来自人类赋予它们曲解的隐喻，那么人类的害羞从何而来呢？

开不了口：自我的边缘化

爱默生将英国人沉默寡言的特性追溯到了七百年前，维多利亚时代的人们则认为，害羞是一种难以撼动的遗传体质，《彼得·潘》的“地下之家”是社交困窘在文学中的显现。除却自然环境、民族气质、社会阶级等鲜为人知的外在影响，人类的害羞则更多地归于与个体成长相关的因素。这种极端低度的情感稍纵即逝，加之不露声色的掩饰往往不被他人所重视。

出于自我中心的考虑以及安全感的缺失，迫使害羞者的自我意识在语言的措辞与行为的犹豫之间进退维谷，为了避免重重误会，便陷入了社交的窘境。在他们看来，社交生活中的客套和空洞的闲聊无异于人与人之间的相互折磨，为了避免话不投机的尴尬，宁愿形单影只沦为孤单沙漠，久而久之，“害羞者不想引人注目，却恰恰因为害羞而引人关注……”他们打破了社交圈里诸多心有灵犀的惯例，正是自我的坚守，害羞者被社会规则和社交惯性排斥在外，成为身在局中的边缘人。社会文明度在不断提升，人与人交往的顾虑也与日俱增。特别是来自不同地域，有着各自生活背景的人们相聚在一起的时候，看似轻松愉悦的聊天场面也暗藏着危机，一句玩笑话就可能击中某些人的软肋，所以自认笨嘴拙舌之人绕过语言的壁垒，表面上无奈的沉默却有着难言之隐，另外也塑造了他人眼中的内向抑郁，不食人间烟火的气质，不明就里的人还会以为那种低调姿态是做作矫情的表现，个中滋味大概也只有社恐本人才能体会到。

语言和行为上的自我回避形成了个体的孤岛，乍一看社恐者成了被大多数人抛弃的对象，换个角度看，也为难以容忍他人的习惯开辟了全新的独处环境。一个自由发挥的秀场，在强调集体观念、积极沟通的时代，这种优势长久以来被忽略，甚至被嫌弃。一个文明的社会，不仅应包容语言的自由度，还要理解操纵语言的人的自由度，有口吐莲花、侃侃而谈之人，势必就会有寡言少语者。

社恐名流：忧郁气质的养成

然而，害羞不止沉默无语这一个面孔。在公众面前侃侃而谈的戴高乐，在演讲之前则要通过长时间的沉默蓄积言语的能量；阿加莎·克里斯蒂由于家庭变故，隐姓埋名离家出走，当她再一次回归大众视线时却被指责为自我炒作，由此，面对镜头萌生出病态的恐惧，但却青睐与录音机对话；达尔文喜爱独自工作，对于《物种起源》的不自信导致他患上了神经性皮疹和头痛；易卜生不停酗酒缓解羞怯的症状；伊丽莎白·泰勒以写信抵抗害羞，使内心得到宣泄；狄金森从半掩的卧室门后和客人对话；英格玛·伯格曼在自传中披露，自己儿时的口吃被大人称为言行不端；巴伐利亚国王路德维希二世在与世隔绝的山脉之中建造了童话般的王宫当起了隐居者……这一连串害羞名人录，有的向内寻求庇护，虽然经历过苦不堪言的时光，最终有所斩获，有的则享受着“戴着面具而来的自由”，显而易见的是，这些人的社交节制并没有使自我发展狭窄化，而是被调动起了独特的禀赋，打开了更宽阔的场域。

艺术和写作是失意者的乐园，如弗洛伊德所说，写作在其本源上是一个缺席者的声音。雅克·德里达也有类似的观点，自柏拉图以降，“语音中心主义”始终曲解着写作的本意，大众普遍认为写作是一种贫瘠的表达形式，艺术、写作和害羞一样遭遇着不公正待遇。塞尚牢记司汤达所说的，忧郁的艺术家“只以迂回曲折的方式达成其目标”。如何达成？害羞者把自己蛰伏的社交转向他人无法轻易解读的人格魅力，将言语的冲动投射到更多的创造性领域，是一种“以退为进”的自我实现。奈保尔与社会的隔阂就为他的创作提供了素材，他与资助者坦南特保持着距离，在他看来这是一份预留的幻想，也是带入小说之中的虚构符号，在其作品《抵达之谜》中，坦南特演变为环境的象征，一种旧式乡村生活的遗风。

电子科技涌入现实零交流的新冰河时代，正是隐蔽青年（Hikikomori）期待的福音。村上春树的小说《天黑以后》描绘出了一幅日本特有的“御宅”族生活图景：拥挤的城市之中人们脆弱的交往纽带。电子产品的蜂拥而至加快了互通有无的便利，可意想不到的却是沟通越快捷，留给个人的空间就越局促。而且即便有“Siri”的陪伴，也无法治愈害羞者的痛楚，克制或矫正都会适得其反。然而，如果跳脱出现有的位置，在众声喧哗的房间里反倒能打开一扇看得见风景的窗。

孤独症：都市逆行人投射的温柔报复

“世界上最遥远的距离，莫过于我们坐在一起，你却在玩手机。”日常花费时间联系着更多的人，而这样看似紧密的联系却从未摆脱孤独这种城市症候群的暴发。智能时代能让人与人彼此靠近，却将心墙高筑于手机屏背后，演绎着“最熟悉的陌生人”。

在《孤独的城市》中，奥利维娅·莱恩孤身一人居住在纽约这座繁华的城市里，然而感受到的是人群拥挤中无法融入的隔绝感，当她无意间与诸多当代艺术家的作品邂逅，却发觉孤独不仅仅是个人的苦难，还同样是群体的困境。徘徊于回忆录、传记、艺术评论和个人生活经验之间，放大这些城市症候群的样本，她见证了一个孤独种子酝酿、成长的历程。时光机从当下开向往昔岁月，那些孤独的因子被一一剥离，艺术家对孤独的态度各异，但都直指孤独的特质：孤独并非污点，也不是光环，它是充满个性的人在拥挤城市中的一种特殊态度。

一种旁观：明处的粉饰，暗里的感觉

在纽约这座布满了游移眼神的玻璃之城，即便在室内也无法让莱恩躲避来自陌生人的注视，那些目光透过百叶窗的缝隙侵入心扉，于是看和被看的焦虑无不充斥在莱恩的日常生活中。当莱恩偶遇爱德华·霍普（Edward Hopper）的作品，画中人仿佛自己的身影。《自助餐厅》中那个戴钟形帽、身穿绿色大衣，盯着一杯咖啡的女孩，或是《清晨的太阳》里迎着清晨阳光，纤弱手腕环抱双腿的女人，她们的眼神里同样写满了荒芜的孤寂。在霍普的作品中，大多描述独处的人物或是两三人组成的、缺少交流的伴侣们，他们在有限的空间中被动作、结构、窗户、墙体、光线和黑暗所隔离开，一种偷窥的视角注入他的表现里，禁锢与暴露相互角力着。

这种逼仄的孤独感正源于霍普本身，正如他所说的，一个人的作品就是他自己。在他一生中，很少接受访谈，在别人拍摄的照片中，往往流露出一种强烈的、沉默寡言的特质，与外界交流存有戒心，有所保留。显然，他与这个世界相处得并不愉快。莱恩之所以能感受到霍普的孤独感，源自他们相似的经历。童年时期长时间独处的经历让他们对孤独生成一种特别的依赖，甚至演变成一种惯性，他们能在孤独里找到某种有悖于常理的喜悦和满足，并把这种感觉持续在一种自我保护的孤立状态里发酵，随着时间的累积，这样难以融入人群、过度警觉的人在他人眼里就变得带着几分古怪、异常，甚至负面的意味。

沉默就是力量，霍普似乎天生就拥有向内寻求自我的能量。早年师从于专注写实画风的罗伯特·亨利（Robert Henri），之后投身于商业艺术的磨炼，他为了创作常年游走于各个地方，匆匆人群中总有都市生活漂泊者的身影，在他们的身上，他也看到了自己孤独的面庞。

在作家和诗人马克·斯特兰德（Mark Strand）看来，霍普的作品无关乎社会或心理视角，而是超越了现实的表象，将旁观者抛置于一个由情绪和感觉所主导的虚像空间，如他所说，“常常感到霍普绘画中的那些场景，是我自己过去经历过的”，总是被“抛置于一个完全由情绪和感觉所主导的虚像空间”，被一股莫名的张力所引导，在画作面前神游，最后却只见“自己与自己相遇”，这种通感也揭晓了为何有着不同审美经验的人在面对霍普作品时会有着同样的感动。画中人看似冷漠，在同样的空间中也无任何交集，这种人与人之间关联性的留白给小说的创作提供了更多想象空间。霍普式的画风加上社会学的“六度关系”观念给人物的设置提供了依据，在叙述的推进中赋予即目所见之外的意味，任由猜测的隐秘或含情脉脉，或危机四伏。

诡谲多变的光，空旷的街道、陈设简单的旅馆、剧场的后台，这些场景多见于霍普的作品中，衬托着画中人无奈的思忖、悲观的远眺、踟蹰的不安以及无尽的等待，在沉静中酝酿着杀机。乔纳森·桑特洛弗将《夜之窗》的晦暗神秘发挥到了淋漓尽致，这幅深受希区柯克《后窗》启发的作品暗藏玄机，以建筑窗口观看者的凝视为切入点，小说中塑造的偷窥者形象正契合主题，对面楼的粉衣女人是他的猎物。结尾的反转令人惊讶，偷窥者的被捕是粉衣女人步步为营的报复，妹妹被偷窥者折磨得精神失常，她以此妙计送他落入法网。

擅用情感复仇反转“低开高走”的还有斯蒂芬·金（Stephen King）依据《纽约的房间》（*Room in New York*，1932）创作的《音乐室》，这部作品讲的是一对夫妇坐在房间里，男人读报，女人低头抚触琴键，各有所思。有“恐怖小说之王”之称的他自然不会放过在平静空间故弄玄虚的机会，所谓的音乐室事实上是他们关押“猎物”的场所，这对盗贼夫妇将俘虏关进壁橱里，每当传来挣扎的响动，太太就会弹奏起音乐，掩人耳目的同时，又以音乐安抚“凶猛野兽”，因此“光与暗”不仅意味着绘画的笔触，还是故事的视角。权力与暴力作为文学的母题反复出现，也是明处粉饰与暗里感觉的较量，尤其是画中多人的局面尤为明显。

《夜游者》（*Nighthawks*，1942）就是例证，这幅画堪称霍普的代表作：暗夜空无一人的街角小餐馆，灯光投在人行道上层叠深浅。透过玻璃长窗可看到餐厅内三位客人和一位侍者。在这个和现实略显出入的城市里，迈克尔·康奈利（Michael Connelly）虚构出一篇寻人之旅，而画上那对窃窃私语的男女正是私家侦探与目标者，与现实中期盼的相反，她并未束手就擒，而是被告知尽快逃离。霍普画中描绘的多人共享一个空间的场景，个人与他人之间往往“零交流”，一种看不见的阻隔屏蔽着感受的传递，无疑在暗示着人与人建立起某种关系，却又起了隔阂，渴望自由的人生最终陷入孤独与寂寥，透露出城市人际交往症候群的忧伤。

一种不在场：独栋建筑铸造的想象与讽刺

建筑的形态就是城市的表情。荒野之中的独栋建筑常见于霍普的作品中，如同城市的弃儿摆出一副拒人于千里之外的姿态，阴郁沉重，忧心忡忡。多变的梯形、三角形出现在他的诸多画作之中，引领着视线的推移，斯特兰德在《寂静的深度》中赋予其作品“画面几何学”的概念：“空间性与叙述性的视觉冲突似乎彼此平衡，没有一方取得完全的主导。当我们自己构建出来的叙述走得过远，画作的几何学立即召唤我们回来，而当画作的几何学开始枯燥，潜在的叙述则马上自我现身。”正是这种相互制衡，才使原本无意义的建筑酝酿出顾影自怜之感，瞬间凝视和捕捉而来的诡异想象也正攀附于此。

神秘、晦暗包裹的欲念危机四伏，希区柯克正是受到霍普的启发创作出惊心动魄的影像，小说家尼古拉斯·克里斯托弗（Nicholas Kristof）更是在半个世纪之中与霍普如影随形，每当路过他的工作室，就会习惯性地仰望，他曾写道：“我看见了透过窗户照亮那么多他的油画的光线，看见了供他做试金石的红砖和覆斜屋顶，看见了出现在他的画作中的相邻建筑。为了创作的需要，他常常在地理位置上重组这些建筑物。对我来说，我所看到的一切总是使他的作品在我眼里更加特别。”尼古拉斯·克里斯托弗根据霍普的《海边的房间》在空间的延展和关联上大做文章。女主人卡门和家里的御用厨师费比乌斯生活在不断蔓生的维多利亚式的宅子里，每隔一段时间房间都会神奇地成倍增长，而费比乌斯的房间却不为任何人知晓。卡门试图从作品中找寻答案，试图描绘出房子的全貌，却完全不得要领。某天费比乌斯驾驶独木舟从那间直通向大海的房间消失不见，而卡门也义无反顾地离开了。原作中偏离一方的房间似乎是迎面可观的镜像，空间衍生的概念便被植入小说之中，营造出诡异的画风。

克雷格·弗格森（Craig Ferguson）不约而同也将小说的主人公设为牧师，直指背离信仰终令其遭受惩罚。牧师杰弗逊和朋友比利堪称两个失败的中年人，在目睹了身边生命一一凋零后，杰弗逊开始放弃多年的信仰，但他还继续做着牧师的工作，扮演着娱乐和安抚客户的角色，但比利相信上帝用他意想不到的神秘方式发挥着作用。在他们出海捕鱼时，牧师杰弗逊逃脱了鲸鱼的袭击，却遭到了朋友比利的暗算。题为《事业的需要》即将反讽推向了极端，长期职业化的人即便观念脱离了初衷，程式化的行为和规训也会拖着背叛的灵魂走向一种消极的惯性。

然而，牧师杰弗逊的日常又恰恰关乎信仰，《南特鲁罗教堂》（*South Truro Church*，1930）所呈现的几何式的安宁与神圣感如同宗教应有的范式，看似虔诚的祈祷而事实上早已成为世俗的敷衍，看似毫无生命的建筑物，却发出了掷地有声的诉说。无论是霍普本人还是为无名建筑书写传记的小说家，他们都看到了建筑承载的使命与人类欲望的背离。通向大海的房间、城市的屋顶以及空地前屹立的教堂都预示着空间上和精神上敞开的自由，反而他们要诉说的正是那些被遮蔽的：增殖的房间、储藏间里的名画还有牧师头脑里的杂念包裹着的膨胀欲望。

以故事丰满图像，霍普的作品在当代演绎了一番灵感如何从一个领域延伸到另一个领域的跳脱，打破了原有的沉静的空间与凝重的氛围，掀起了整齐秩序下暗藏的未知情绪的暗涌，正是作品的延展性揭晓了那些颇具神秘感的建筑物以及处于无尽等待之中的人物的过往。并不是所有伤痛都需要治愈，也并非所有伤口都是黯淡的。直面孤独，艺术家拒绝塑造一个公共自我，打破预先构造的世界，冲垮主流经验不可见的壁垒，他们背道而驰，向一成不变的顺从和谦卑的礼貌投射出一箭缄默的“温柔报复”。

假公知：造假的知识分子为何背叛公众

曾被视为纯净一隅的高等学府被学术造假搅成浑水一潭，当畅所欲言的网络被微博大 V 哗众取宠煽动成了一言堂，是非颠倒善恶混杂，一切坚固的东西都烟消云散了，语言的肆意将真理引向偏移和错位，原本明察秋毫、微言大义的公知或早或晚在大众虚无狂欢后沦为遗臭万年的公厕。雾霾污浊总有澄明时，巴斯卡尔·博尼法斯（Pascal Boniface）作为少数清醒者的一分子，不堪与高举道德旗号却发布错谬言论和空洞概念的所谓名人为伍，尖锐戳穿欲盖弥彰的谎言。人生需要揭穿，对自我，对他者都是如此。

知识分子一旦不约而同地集结到一个观念上，无疑会升华到社会责任的维度。他们有义务运用才能和声望服务公众，并利用他们的知识层面和所在领域的专业性与负能量抗衡。自私的知识分子对社会问题保持沉默不语、麻木不仁，而如今他们另类的介入造成了更加严峻的危机。造假知识分子的诞生以及长久地在公众视线中肆无忌惮的存在绝非偶然。

信息爆炸：真相之后，想象之外

大众媒体是重人物而非集体，重感官而非理性，重奇异性而非普遍性。这些新型媒体内在的三个特性从根本上可归结为一个特性，从此决定了主流话语的性质和操弄话语者的形象。这些特性同时加强了一种个体的战略和集体的混乱。此时，不需要规则，不需要问题性，也不需要概念范畴。文人的背叛并非一厢情愿，大众媒体需要过度拥护并使他们看起来可观、可信，有时更无须理性分析的过度，这种前期的预热营造了造假的氛围。

真相的维度牵连着人的欲望，也拷问着人的道德。《罗生门》中当事者站在各自的立场振振有词，互相指控对方，案情扑朔迷离，真相最终不得而知。如今自媒体时代，信息民主化提供了多元化的平台，与此同时，发布者也担负起了责任。新闻新鲜出炉，也带来了隐患。在假新闻和另类事实大行其道的时代，公众对真相的关注远远超过了他们想要获取信息的及时性。

闻名于世的伪造大师埃尔米·德·霍利（Elmyr de Hory）早年间混迹于画界，练就了一手绝活，他能在短时间内模仿毕加索、马蒂斯、莫奈等艺术史上重要画家的作品，而且已经到了以假乱真的境界，业内人士也对他的技艺做出了评价，认为他在绘画上比马蒂斯本人更加马蒂斯。他自己也坦言："如果我的作品在博物馆悬挂足够长的时间，它就会变成真品。"荒谬的是，市场上已经出现了德·霍利作品的伪造，对于他的伪作，专业人士也是真假难辨。显然，德·霍利的技艺不仅将谎言与真相混为一谈，而且他炉火纯青地将谎言练就成了真相。难以辨别真伪的作品也让大众提出质疑，大师作品的价值到底在于何处？当伪造作品在大多数人的眼里与原作完全相同时，是否愿意放低眼界退而求其次？原作之所以在价值上略胜一筹，在于其独一无二的不为人知的创作背景。如今，AI技术人工智能的普及使复制普遍化，人人皆大师不再是天方夜谭，超乎想象也有弊端，霍金早已发出过预言，完整的人工智能的发展可能意味着人类种族的终结。

一旦受到媒体的加冕，道德与尊严的旗帜就成为知识分子行骗的挡箭牌，舆论机器加之妖魔化的炒作，真实的谎言便名正言顺地得以延续，信息和民主则在悬崖边缘摇摇欲坠。影响的焦虑如魔咒一般笼罩于大众舆论，媒体操纵玩偶似的伪君子，两者心照不宣利用大众并说出他们预期的言论和公认的观点，形成皆大欢喜的虚假局面。谎言成真的过程得到了最精致的包装和极大程度的迎合，因此几乎没有人敢于指责他们长期篡改真相的行径。走出冰点，自私自利得到了前所未有的发展，当哑然的木讷被镇压，从他者索取到高度赞扬成为他们火热自我经营，起飞零阻碍的砝码。

“有许多人，当我告知他们写作本书的计划时，他们对我说：‘你会给自己制造许多敌人，一些强势的敌人。’他们劝我不要继续这项工作。的确，什么都不说，继续以沉默加入普遍的同谋运动中，这样更加舒服。”逆潮流揪出舆论和媒体界的重量级“大咖”，这对任何知名或平凡的人来说都将是一场战役，与其说这是一个人与他人的斗争，不如说是仅仅属于一个人的博弈，为了让蒙在鼓里的大多数知情的良心努力挤出混在言语中的毒液，迎来澄明之境。

伪造的意图：市场竞争的谎言

当真相被曝光，不同方式的讲述可能会给接受者完全不一样的感知。“当真相被操纵、利用，我们该如何看、如何听、如何思考。”在人工智能悄然而至的后人类时代，真相也比往昔更加变幻莫测。所谓“后真相”即是将传播的信息视为一个文本，内容的“多面”与“多义”加之沟通者的“多层”与“多变”，各种灵活性导致每个信息发布者在描述一起事件时，同一个事实却指向了不同的真相，而他们都会选择最有利于自身的真相切入点，这个从各方立场经过筛选，脱颖而出的新闻就被称为“竞争性真相”（Competing truth），它不仅代表着发布者的姿态和身份，还裹挟着他们对真相公之于众之后的期待。为了笼络他们所谓的受众，真相和逻辑往往搁置一旁，取而代之的是情感的煽动。

“竞争性真相”起初就有着些许欺诈和狡猾，赚足了人气，却在无意间伤害了拥趸者的感情。从商业众筹到病毒营销，“后真相”比比皆是，被信息覆盖的每个人都可能会受到后真相时代的冲击。健身人士青睐以蔬果、谷物为主的轻食就曾遭受过后真相的恐吓，加拿大纸媒曾以《你对藜麦的爱越深，你对玻利维亚人和秘鲁人的伤害就越深》为题，消息一出对藜麦爱好者可谓打击不小，有些人得到消息后心有余悸，甚至就此放弃了美食。在食客眼中，藜麦成为时尚，却又沦为一种负累。事实上，藜麦流行于欧美等地的同时，原产地的人们不仅没有因此受到创伤，还有助于他们摆脱了贫困。食物热潮和消费者忧虑两大热点引爆了新闻，其中暗藏玄机，也在无形之中左右着大众的思维与行为。

已之蜜糖，彼之砒霜。这些带有谎言色彩的人造真相散布开来赢得了眼球，却误导和欺骗了大众。然而，真相可能会迟到，却从来不会缺席。可是，谎言被揭穿需要一定的时间，一众被蒙在鼓里的人们不得不停在“叙事谬误”的圈套里。但也并非所有“竞争性真相”都是伪善的，也可能出自不完整的片面考据。二十世纪政治新闻记者，同时也是在“竞争性真相”问题上观察已久的专家沃尔特·李普曼（Walter Lippmann）说过：我们的看法涉及的空间、时间和事物超出了我们的直接观察范围，因此我们不得不根据其他人的说法和我们的想象将它们拼接在一起。事情越复杂，真相被忽略的概率也会随之增加，因为我们对事情的认知不可能覆盖到所有角度，就像管中窥豹无法得知事情的全貌。如麦克唐纳所说的，历史就是一碗面，历史学家需要选择一根面条，将其从其他面条中抽出来，以便描绘出关于过去的连贯画面，我们也需要从关于过去事件的各种描述中做出选择。

一方面，作为信息的制造者，我们期待着更多的人读到内容并因此受益；然而另一方面，作为信息消费者，似乎只有洞察到真相背后的来龙去脉才能达成目的，“后真相”时代传播者一分为二的身份有助于观念的推进，或许没有绝对的谬误与正确，只是立场的不同而已。谎言令人畏惧，但更可怕的是，披着真相外衣的谎言在言说者神乎其神的描绘下让大众信以为真。在没有金钟罩铁布衫保护的情况下，如果难以在选择中不出现偏差，就坚定拒绝被他者操纵的信念；学着眼观六路耳听八方，接收消息并有所筛选，别让后人类时代的真相陷入人与人彼此的信任危机中。

穷忙族：社会底层年轻人的梦想与现实

上班族周而复始奔跑在通勤的时间线上，也就是在这种碌碌无为的穷忙中消耗了曾经年少的激情，浇灭了心中美好宏大的蓝图，除了升职加薪再无他者可言。与此同时，在那些无业者眼里，上班族未必有多幸运，与其拼命在社会争取一席之地，不如做一条没有梦想的咸鱼，然而在体制越发完善的社会里，“做咸鱼”似乎也不能再像以往那样随心所欲了。

同是在社会底层，生活在欧美国家的年轻人喜欢靠福利救济过活，而中国人却青睐于自力更生，千方百计地寻找一份能养活自己的工作，甚至背负着改变家族命运的期待。一面是抛弃梦想坐吃山空，肆意挥霍青春，他人投来鄙夷的目光；另一面是拥有着令人羡慕的工作，奋力拼搏却难以翻身的人生，看似不同的两条路却最终殊途同归。

福利救济：安稳的靠山还是烫手的山芋

对于无业人口的日益增加，中西方社会也有积极的应对措施，然而人口老龄化和人口膨胀这一世界问题带来的财政负担不容小觑，即便是现行的福利法案在长远看来也难以支撑下去。每年填补福利救济这个缺口就让原本紧张的财政问题雪上加霜，不少国家将这部分人口转为生产力，减轻负担，改善这种人力“不平衡”引发的社会矛盾。然而社会的发展并不会遵循完美的构想，大多数时候只会是解决了一个问题，又激发出另一个新的问题。随着时间的推移，这个令不少国家堪忧的事情没有尘埃落定，反而越发突显出来。自动化智能 AI 技术在职场上的广泛使用在提高了生产效率的同时，却减少了就业人数。工作日益稀缺，就业压力不断增大。艾弗·索思伍德（Ivor Southwood）在其著作《永动的惯性》（*Non-Stop Inertia*）里根据自己的亲身体验和观察，写出了当代失业者的尴尬处境。

求职津贴的申领者在机构的被迫要求下，写出一份详尽的求职日记，要一一列出每周至少做了三件有利于找工作的积极举动，否则他们获得的这份政府给予的福利就会被取消。而这个提笔记录的事情还只是对领取福利救济的人“拷问”的第一个环节，如果失业者不切实履行，而是胡编乱造的话，这份唾手可得的福利就有可能不翼而飞，情节严重者还会遭受某些惩罚。这种类似“胡萝卜加大棒”的措施，不断鼓励失业者制造正能量，与此同时，也剥夺着他们决定自己是否上班的自由。近几年尤其是在欧美国家，领取福利救济的标准越发严苛，有的还要以申请者找工作的意愿是否强烈来裁定，可谓算计到心坎里。一份社会救济福利，曾经被视为安稳的靠山，而今却变成了烫手的山芋。

社会的福利为什么会沦为今天如此严苛的审查？事实上，有一部分年轻人已经在重压之下失去了奋斗的梦想，一言以蔽之，他们的初心就是躺着。日本学者斋藤玉城（Tamaki Saitō）曾对这样一批年轻人的生活展开过研究，他发现，一种社交病悄然流行于社会底层的年轻人中间。他们被称为“蛰居族”或是隐蔽青年。这个看似低调优雅的名字背后却隐藏着许多不为人知的社会弊病，不仅影响着他们个人的未来，还对他们身边的朋友、家人的生活造成了影响。与日本的隐蔽青年类似的是中国常见的“啃老族”，靠着祖辈积累的资本过活，四处闲逛无所事事。他们不一定蛰居在家里，但是对家庭以及社会都毫无贡献。在工作岗位日益紧俏的今天，如此与世隔绝的年轻人越来越多，甚至逐步成为一种普遍趋势。

社会福利救济的门槛也因此提高了申请要求。按经济合作和发展组织的说法，以一个国家或地区社会中，把社会平均收入的 50%到 60%作为“贫困线”，也就是给予这样的人群维持基本生存的最低费用。尤其在新冠肺炎疫情期间，美国联邦参议院通过全国历来最大规模的 2 万亿美元纾困振兴方案，以援助受到新冠肺炎疫情快速蔓延影响的劳工、企业以及资源耗尽的医院等。失业人士除了可以拿到所在州的失业救济金，也可以收到这项计划拨付给他们的每人每周的 600 美元，但是最多只有四个月的补偿。在高速发展、统一标准化的时代，社会对于人的活法反而陷入了一种机械的定式思维中，纷纷将成功与工作、KPI 挂钩，而对个人生活避而不谈，隐蔽青年的出现无异于对这种标尺的无声对抗，就像动画片《辛普森一家》里懒惰的荷马，日益宽厚的身躯即是对理性生活的藐视。

以低保救赎自我，隐蔽青年禁锢了身体，却实现了思维的无限自由。大多数人不得不承认，即便自己每天上班通勤打卡、加班熬夜，无论外界有多少鞭策的鼓励，内心深处总是有一个声音与隐秘青年的想法遥相呼应。在出身卑微的底层阶级之间，废青和追梦人永远并行不悖，有个说法，“勤快的人，永远是懒人的奴隶”，好像奋斗者始终在吃亏，但是未来，这个替懒人背的“锅”恐怕连社会也负担不起了。

穷忙真相：越贫穷越工作还是越工作越贫穷

专栏作家芭芭拉·艾伦瑞克（Barbara Ehrenreich）曾在其作品《我在底层的生活——当专栏作家化身女服务生》中披露了美国底层民众的真实情况。为了探究贫穷的真相，她卧底潜伏到“穷忙族”的生活中，在不同城市和行业之间游走，先后做过服务员、清洁工、售货员以及看护工等，掌握了“穷忙”行业的一手资料，也借此机会接触到了有着各种背景的同事，了解了他们在雇佣、住房、医疗、薪酬上所遭遇的不少奇葩事。身为女性主义者和政治活动家的芭芭拉之所以对社会底层的议题感兴趣，大多是出于自己的家庭背景，父亲是矿工，前夫是卡车司机。曾几何时，有多少人以为，努力工作才是脱贫的唯一途径，现在看来这样的想法却有着一丝戏谑的味道。穷人所期待的幸福，无异于一只“追着自己尾巴奔跑的猫”，仅仅沉溺于简单虚妄的幸福中，似乎永远无法摆脱自己的出身，走不出“越贫穷越工作，越工作越贫穷”的怪圈。

事实上，这背后存在着一个既定的社会法则——帕累托“二八定律”，也就是社会上 20%的人拥有着 80%的社会财富，意味着财富在人口中的分配是不平衡的。随着社会阶层的分化日益严重，富人越富，穷人越穷。在等待命运转折的途中，被金钱拖累着尚好的青春。如今社会中所谓的“穷”，不只局限于物质上的短缺，大多数穷人的精神世界更是一片荒原，除了满足最基本的生活之外毫无乐趣可言，精神贫瘠也是继温饱生存之后的另一大社会课题，如何有尊严地活着，是决定未来社会持续发展的关键。

对于不同国家的人来说，贫穷是相对的。作为一个穷人，身处一个富裕的国家比贫穷的地域更加举步维艰，也就是所谓的“宁当鸡头，不当凤尾”。美国记者戴维·希普勒（David K. Shipler）观察到：“从全球或历史标准来看，大部分美国人心目中的贫穷生活其实算是很舒适了。对一个住在郊区的俄罗斯人来说，买不起车，家里没有中央供暖，这都算不上是贫穷，但对于郊区的美国人来说就是。对于一个越南农民来说，只要有水牛犁地，能手工灌溉田地，有茅草屋住，那他就不算是贫穷。而一个北卡罗来纳州的雇农就会觉得自己很穷，因为他得用手摘黄瓜，摘满一箱才能拿到一美元，而且还住在破烂的拖车式活动屋里。美国的穷人坐拥公寓、电话、电视机、自来水、衣服以及其他的便利设施，这让世界上大部分的穷人都觉得目眩神迷。但是，这不代表美国的穷人过得不悲惨，或者说这不代表那些在贫困边缘的人们并不是真的处于悬崖边缘。”

这样看来，贫穷的状况并非要靠工作来改善，完全可以搬到一个新的居住地开启人生的新纪元。对于安于现状的人来说，与其马不停蹄地工作，不如放慢追逐资本的脚步。因为这些人看清了问题的症结所在，历史的车轮滚滚向前，普通人在其中扮演的角色微不足道。乘风破浪的逆袭非但不能确保通往成功，反而有可能摧毁整个人生。改变命运，实现人生的翻盘并非一朝一夕的事，作为一个相对固定的群体，社会最底层的居民随着时间的延伸而呈现出代际的顺延效应，正所谓“寒门难出贵子”，在这个时代越发凸显。靠个人努力改变命运的难度增大，其后代通过高等教育，就业走向社会进入像政府机关、高薪企业、专业人士这样更高层次工作职位的难度也越来越大，反而是家族的背景、家庭的经济状况和社会关系等因素对个人发展的影响日趋增强。

然而，窘迫的现实不会轻易打垮积极乐观的人。职场上的“斜杠青年”别再怪自己太平庸，一年到头“996”的社畜也不要自责不够努力。走出自己的舒适圈，为自己理想的生活另辟蹊径都是值得肯定的。贫穷与否很多时候只是他人的观点或是宏观的视野，在有限的生命中活出无限的精彩，这种人生资本的积累往往比金钱更重要。

阶级分化：要面包还是要面子

出生在闭塞的小城，社会底层的年轻人难以看到出头之日，有人为了生存下去动了偷渡的念头。德国记者君特·瓦尔拉夫洞察到了德国社会根深蒂固的种族主义，其虚伪和统治阶级意识的残酷以及民主制度之中的种族隔离，他决心以欺骗的手段来揭发社会的欺骗。以他为代表的先行者指引着真理的方向，身为前台北市副市长的千金，旅英华人记者白晓红曾毅然放弃优越的生活，戴着面具潜入地下工厂，为公众和媒体的视野敞开了一扇通往悲惨世界的神秘之门，在《隐形生产线》的字里行间流淌着大陆移民性工作者背井离乡的汗水与泪水，还有他们无法言说的辛酸往事。

多佛港五十八名非法移民在货柜车中窒息死亡，莫克姆湾二十三名拾贝的中国劳工溺死在涨潮的海上，二十一世纪初在英国的接连两起悲剧令白晓红感到无比震惊，在面对此类悲剧时，英国社会向来表现出一种漠然的态度。偷渡客将自己的命运交与“蛇头”手中，最终如同货品一般惨死于货柜车中，生存权被国界残酷地切断，但是整件悲剧在英国媒体的呈现下，几乎成了华人对华人施行的又一次罪行，也就是说，英国政府的移民政策无须负任何责任。如此权力的推诿从海上轮渡蔓延到了诸如加工厂、电子厂、成衣厂、农场等移民者聚集的“华人社区”。虽然政府表示所有劳工不论身份和国籍都受到健康安全法规的保护，但事实上，无证移民劳工的死亡经常是没有记录的。

全球化带来了资本的自由，金钱王国令无数人神往，与此同时也让他们身陷囹圄。非法移民者以一己之身家性命作为筹码奔赴未知的国度，然而他们用生命打拼来的生活却无从享受，所幻想的美梦在沉沦中化为泡影。没有资本的人，注定成为资本消耗的一枚筹码。移民劳工的世界是英国社会一个不为人知的最底层的世界。这个地下世界供应着主流英国的每日所需，是一个庞大的、隐形的生产线，在主流英国，已经成为历史的“血汗工厂时代”仍旧存在。他们没有身份，没有权利，没有声音，大多从事本地工人不愿意从事的行业：低薪、危险性较高、无前景。社会整体对移民群体缺乏认识，制度的偏见默许了他们这些被剥夺了尊严的次等公民的存在，最终都映射到媒体对此类悲剧漠然的态度上。

正如她所说的：“当你站在一个客观的观察者的位置时，

距离可能造成你失去真实性。”就如同被被采访者猝不及防地问道：“你自己如果不曾亲身体验过，怎么能真正了解这种生活是怎么过的？”当她扮演着劳工的角色，将周遭的一切内化于心，成为一名真正的参与者，才亲身体会到了艰难生存下身体的重压与精神的消沉。

前《华尔街日报》驻北京记者张彤禾（Leslie T. Chang）也在《打工女孩》里有过类似的观察，她在中国生活了十多年之久，专注于探察社会经济转型如何改变制度和个人故事。“出去，农民工用这个简单的词给他们的流动生活下定义。家里没事做，所以我出去了，出去打工的故事就是这样开始的。从家里出来进厂打工，是他们做过最难的事情，也是尝试一种探险。是自尊，而非恐惧，让他们留在城市里：早早打道回府就是承认失败。走出家乡并留在外面——出去，就是改变命运。”她遇到的所有打工女孩都有着大致相同的经历，来自农村，没受过多少教育，渴望着成为工厂的一分子，在流水线上为拉动经济而拼尽全力，静候着时来运转。

然而，当偷渡打工者赚得荷包满满返乡时，却忘了他们来时的路，如此这般颇费周折究竟为了什么？即便勉强填饱了肚子，也摆脱不了社会底层人的宿命。穷人固化的思维让他们局限在了生存线上下，事实上，除了家境的出身以及宏观的经济环境，贫穷的实质是他们对未来的暧昧不明的视野。社会底层的人最不在乎的是时间，这也是他们换取财富的其中一个筹码，在效力之外，他们把时间花在无意义的事情上，美其名曰享受生活，实际上是无所事事。当他们拥有了所谓的财富，不是去开拓更广阔的市场，获取更多信息，结识有识之士，而是将大把的钱花在面子工程上，也免不了与周遭攀比一番。钱在穷人眼里就是“泼出去的水”，用它为自己的面子抹上了油彩，他们得到了有限的金钱，失去了体验生命的时间，最终被整个社会隐形规则暗算，沦为有钱人的消费品。

利己者：营造一种精致生活

他们精心打扮隐藏自己，热爱生活且对与此相关的一切有着品味的追求；他们大多出身名校，游走于上流社会，担任着政府官员、律师、大学教授、科研人员、职业经理人等角色；他们世俗、老到，擅长表演，懂得配合，更善于利用各种关系达到自己的目的，这种被称为“精致的利己主义者”的人在他人给予的光环下成长，却最终抵不过众声喧哗之后内心的荒芜和孤独，正像小说的宣传语“口味精致，适合挑剔人士阅读”。

烹饪这道考究美食的是英国作家安妮塔·布鲁克纳（Anita Brookner），其小说《天意》正是将笔触聚焦于这样一位女性：拥有一半法国血统的知性美女凯蒂，任教于伦敦一所大学，研究文学里的浪漫主义传统，并把这种浪漫延续到了生活里，她爱恋同事莫里森，却又徘徊于这段暧昧不明的关系之中，在他面前，她不断粉饰自己的身份和情感，却在“天意”揭晓的那一刻得到了最终的释放。

自我的重构：异质文化语境下身份差距

精致利己者的外表时常给人一种优越感，正如凯蒂为她自己重构起的一个全新自我：优雅的着装，伪装的英格兰气质和小资腔调，在精英圈子中游刃有余。然而，真正的凯蒂却是成长于单亲家庭之中，拥有一半法国血统的移民后代，她对于自己的出身背景向来深加隐讳。她渴望成为某一种人或者另一种人，凯蒂年幼时，外祖母一手将她打造成了端庄优雅的女生；长大后，便靠着从外祖母那里学来的“粉饰”本事跻身上流社会，而外祖父母的爱并没有给她慰藉，反而是负担，他们消解着凯蒂对自己英国特性的杜撰，而她的生活方式也同样无法博得他们的好感。她在精神上却再也无法回归到那个被琐碎生活围绕，讲法语的小特蕾斯。她正在丧失自己的身份感，她似乎已经忘了自己长什么样，忘了她要到哪儿去。

凯蒂想要的是，成为一个在别人看来“高深莫测”的，一个与过去生活完全划清界限的、脱胎换骨的神秘女人，“她总是急忙地重新投入自己毕生的努力中去，去建立真的、善的或许还有美的食物，去相信每个人的优良本性，去享受生活所赐予的，而不总是抱怨为生活所扣留的。事实上，她的父亲就是这被扣留的部分”。凯蒂的自我异化无疑是现代都市生活异化的结果，金钱、权力、地位……身份象征的标志鞭策着都市人追赶的步伐，他们在公开场合变成了异化于自我的“模特”。

父亲的缺席、母亲的早亡，给凯蒂的心灵深处埋下了孤独的种子，她便以幻想为伍，投入了文学浪漫主义的怀抱。即便是从外祖母的调教得来的精致礼服、优雅举止，也无法掩饰住她对自己出身的郁郁以及对未来生活的忧心忡忡。直到她暗恋上了同为教授的莫里斯，外人对他们之间的比较止于各自的轮廓，一个英俊帅气，一个从容大方，但凯蒂却在私下倍感卑微。莫里斯出身上流，为了配合他那纯粹而高贵的风范，凯蒂为构筑自己的外表而花费的努力就已经把自己弄到了筋疲力尽的地步，但即使这样也没有十足的把握。

正如《圣经》中的暗示：用美换取灰烬，用喜悦之油换取哀悼，用赞颂之衣换取沉重的心灵。出身所导致的生活品位、审美观念、人生价值的参差不齐，并不是仅靠外表装扮就可以弥合的。“成堆的回忆录、铺天盖地的油画、延绵不绝的音乐，他们愿意假装，所有这些都是一闪念得到的。我觉得那很漂亮，那种假装的举重若轻。当然那是一种姿态，但你必须承认，那种姿态很优雅。”为了成全爱情，她为自己编造的一切故事毫无价值，是她理性的自我所不能接受的一种虚伪矫情。每当众人谈及自我背景的时刻，她总是避而不谈，独守的那些秘密已成为她潜意识中牢固的阵地。

通灵者的“天意”：来自浪漫主义者的恐慌与疑虑

凯蒂对浪漫主义文本的多重阐释延续到了生活中，形成了她过多留心别人的言外之意的习惯。从文本间的探求到自我剖析，对于人生幽微诡秘进程的执念与猜忌始终贯穿在她对文本和自身境遇的思考中。感情的玄妙使她陷入疑虑，与通灵人埃娃太太相结识，倾听灵异世界的召唤和明示，哪怕只是以短暂的快慰消解与日俱增的不安，但对当时的凯蒂来说，都比来自他者的劝解更加令她得到舒缓。

事实上，作为一个浪漫主义者，凯蒂所向往的正是那些美好且虚无的，他者不断瓦解这些莫须有，她却陷入其中不自知，“她欣然接受了自己心目中父亲的传统，尽管她从来也不认识他，更不知道他的立场。她把那褪色照片中的年轻士兵，当成了英格兰的形象，正如她把莫里斯当成了她心目中英格兰的理想。而那个形象、那个理想都不坚实……”然而，作为一个存在主义者，凯蒂不是信徒，不相信《圣经》，对于预言也将信将疑，但是莫里斯相信天意，天意让他受到感情的劫难和创伤，就越发笃定“天意”所具有的灵性，一种来自上帝的天启之音。凯蒂跟随莫里斯的脚步，在无法由理性操纵的世界，面对众多凌乱且烦琐的关系，在已经失去驾驭社会环境应变能力的情况下，来自未知世界的声音无疑在此刻成为她的一根救命稻草，为将来的生活搜寻佐证，牵引着纤细脆弱的灵魂：梦中不请自来的词语，通灵人埃娃太太的猫、水晶球以及她女巫般神秘的暗笑，黑暗肮脏、难以名状的咨询室或许象征了宇宙终极的混乱……所有这些都指向了人性中的基本成分——宗教感情。

这一点她与阿道尔夫有着相似的境遇，阿道尔夫沉浸在富有哲理的遐想中，有着某种宗教感，却又竭力回避提及上帝。

“对爱情的反复无常或极度疲惫，对宗教那数不胜数的单调且又令人恐惧的形式的疑心……这些病态的人性经常相伴共生，形影不离。”但是他们又有着这样的矛盾——没有信仰的庇护，也没有拒绝宗教的胆量和勇气，为了抵抗这种焦虑，对于那些超出自身感受力且无法估量的事物，他们通过捕捉生命中的偶然性抱有一丝侥幸。这种被通灵者称为“天意”的东西，没有确切的答案，仅仅是生命的暗示。凯蒂祈求得到的完美爱情、身份地位的扭转，对于通灵者来说无疑是一个未经世事沧桑者苦闷的求助，是一种难以抵抗生命不幸的哀号。

布鲁克纳将她对“天意”的诠释贯穿于凯蒂与莫里斯两个人物的心路历程中，凯蒂尽心竭力想要获得的以及对未知人生的不确定，莫里斯曾经失去的以及最终获得的，即上帝为他们的人生写好的台本，无论主人公如何更改措辞，他们的一生都将随着既定的方向迈进，所有的幸与不幸，都是难以涂抹的命中注定。

复调的哀歌：投石问路，抑或一种普遍存在的隐性契合

作为学院派知识女性，凯蒂在给她的学生讲授文本时，却不能准确地给出文本中暗示的答案。她选择《阿道尔夫》作

为课堂分析对象，与其说是她带领学生分析小说的遣词方法，研究浪漫主义者的忧郁症候，不如说是她在以其中人物的处境投石问路。这部创作于十九世纪初的小说《阿道尔夫》，这部只有两个人物的爱情故事，以作者邦雅曼·贡斯当对人物复杂心理描写细致入微而著称，长久以来被视为现代心理分析小说的经典之作。《阿道尔夫》将十八世纪的古典风格和浪漫派的忧郁情绪融合在了一起：一个女人要是为某个男人牺牲一切，那个男人就会对她厌烦，这样的女人最终会死于自己的失败，而那个男人则会终生遭受悔恨的荼毒。

贡斯当在创作《阿道尔夫》期间与情人兼作家热尔梅娜·德·斯塔尔的关系一度成为他的负担。尽管他们在思想上拥有相近的见解，但他们在气质上总是存在冲突，斯塔尔才华横溢，却有着很强的控制欲，而贡斯当渴望自由，却又软弱无力、优柔寡断。因此，小说中的阿道尔夫与爱蕾诺尔正是贡斯当与斯塔尔当时情感历程的映射，而事实上，爱蕾诺尔不仅仅是斯塔尔一个人的化身，还具有贡斯当其他几位恋人的特性。其中一位安娜·林赛同样来自上流社会，情感上屡次受挫备受伤害；阿道尔夫对爱蕾诺尔献身于他的感激心情，是贡斯当与女友夏洛蒂破镜重圆的真实写照；另外，爱蕾诺尔最终因爱郁郁而终的结局源自贡斯当的红颜知己朱丽叶·塔尔玛。

布鲁克纳在《天意》中引入《阿道尔夫》，即通由凯蒂的口吻拷问人性。布鲁克纳前半生悉心研究艺术史，后半生专注撰写小说，一世栖身于象牙塔中。在他人看来，她孤独终老，而她自己却以书相伴，自得其乐。布鲁克纳出身犹太家庭，一生致力于浪漫主义，她笔下的凯蒂即是她自己的化身。孤独，是他们生命的脚注，也是他们共同的宿命。大多数浪漫主义者与世俗相隔绝，在想象中勾勒出一个完美的现实，却被贫瘠的现实打击得忧心忡忡。作为局外人，他们看惯了世间的爱恨情仇，对爱情抱有的美梦便一一破灭。阿道尔夫迫于情感责任使爱蕾诺尔心如死灰，莫里森同样在社会风范和感情负累的重压之下，和凯蒂的关系暧昧不明，也让她为此而焦虑不安。

每一场无疾而终的爱情背后都是人生旅途中心酸的旅行。当学生拉尔特笃定阿道尔夫的懦弱时，费尔察德小姐却将责任怪罪到爱蕾诺尔身上，“这个女人很讨厌，她年纪又老，又是外国人，她在毁掉他的前程”。这既是她对小说人物的表面态度，也是一种对凯蒂命运的暗示，当她打破心理障碍，鼓起勇气为自己的身份取得进展时，费尔察德与莫里斯恋情的曝光却让她满盘皆输。他们同样有着优越的背景，而凯蒂无论打扮得多么耀眼，仍然难以高攀，毕竟阶层的差距难以靠几句言谈、几件礼服追平，爱情从来就不是纯粹的。这时的凯蒂，输掉了青春、精力和费尽心思堆积起来的所有砝码，也正像《阿道尔夫》中那个执念得为爱而死的爱蕾诺尔一样，当情感世界的幻灭破碎，当家世的底细被人戳穿，自我重构得来的优越感荡然无存。这种情感的低落也暗示着莫里斯之前一段恋情终结时的状态，前女友露西在结婚前夕而分手，露西突然决定与特蕾莎修女一起前往加尔各答，让莫里斯大失所望。凯蒂无法得到莫里斯，却感受着他曾经的感受。也许所有未完成的爱情几乎都有着相似的路径，有着普遍存在的隐性契合，仿佛复调的哀歌那般，透彻悲凉，在沉重的顿点动人心弦。

瘾君子：烟草的诱惑与管制

古老的希腊神话传说中，塞壬被描述为人面鸟身的海妖，以天籁般的歌喉著称，常用歌声诱惑途经的航海者，航船触礁沉没，落水的船员则成为她的腹中餐。在现实生活中，诸如塞壬一般的角色不在少数，她们使人沉湎于短暂的感官欢愉而无法自拔，饮鸩止渴以解心头之快，不惜沦为“瘾君子”，但随后却隐忧重重，烟草就是其中之一。

烟草的兴衰：成也宗教，败也宗教

在《尼古丁女郎：烟草的文化史》中，伊恩·盖特莱（Iain Gately）勾勒出如塞壬般的尼古丁女郎的迷人轮廓，以及自她诞生的五百余年来被她诱惑吸引，甚至为她掀起战争的众生相。南美洲的土著人点燃烟草渲染宗教仪式氛围，航行至此的哥伦布将烟草带到欧洲。十六世纪时，法国皇太后美底西·卡德林用大使进呈的烟草治好了头疼，之后王公大臣便纷纷效仿起来，吸烟从此风靡贵族阶层，成为身份的象征。当时的烟草被欧洲人视为包治百病的“神药”，频繁的战争也让烟草的气息弥漫到全球范围。

可好景不长，烟草盛行于宗教，却在宗教上受到了遏制。1588 年，利马（Lima）颁布了一条教会法令，规定“禁止牧师在布圣餐的圣礼上把烟草的烟吸入嘴里，或者把烟草的粉末放入鼻子里，即使是假借药物的名义，或者在弥撒之前也不可以，否则就会受到永久的诅咒”，这也成为历史上第一次禁烟事件。第一个大声抗议反对烟草的是詹姆斯一世，他发起了一场反“骗人的烟草”之战，将烟草视为敌人，起因是烟草在吸食时发出烟雾，使他联想起地狱当中的火。

烟草管制者不仅有国王、圣徒，还有暴君和狂热的宗教徒。俄国罗曼诺夫王朝的第一位沙皇米哈伊尔·弗奥多洛维奇甚至对吸烟者展开迫害。任何使用烟草的行为，都认为可判处死刑。沙皇还成立了一个烟草法庭，最常用的刑法一般是撕裂吸烟者的嘴唇，或者将人活活用鞭抽死。伊斯兰国家的吸烟者也同样遭受着迫害，奥斯曼帝国的执政者穆拉德四世因长子出世的庆典上燃放焰火而烧毁了半个君士坦丁堡，从此与一切和烟有关的东西结下仇恨，他常常在街头佯装成想吸烟的人，然后将那些给他烟抽的好心人砍头。十九世纪最大的一次要求禁烟的抗议发生在 1848 年新年的米兰，只要看见任何人在街头吸烟，他嘴里的雪茄就会被打掉。这场“雪茄风波”发展成了公开的反叛，最终引爆了一场战争。

迷人的姿态：被放大的诱惑

吸烟的历史虽然长久，然而大规模流行却是从二十世纪初开始，菲利普·莫里斯（Philip Morris）于二十世纪初创办了“万宝路”（Marlboro），其最初的受众目标为女性烟民，并以“Mild As May”（像五月天气一样温和）作为其宣传语，而此后因吸烟人数的飙升，而不得不将市场倾向于男性烟民，又有了“Man Always Remember Love Because Of Romance Only”（男人只因浪漫铭记爱情）的说法。烟草自从被人发现以来，就有着幽灵般的效果，正如它那虚无缥缈的化身，若有若无地为吸食者披上一层与世隔绝的薄膜，彰显着他或她的与众不同，在烟雾缭绕中沉思发散着在场的空虚，聚拢起延异的灵感。也正是出于此，小说、电影等艺术作品中多有描述或者拍摄吸烟场景，彰显出主人公的个人魅力，角色吸烟的品牌暗示着他们所在的阶层和背景。电影《卡萨布兰卡》开场，就是亨弗莱·鲍嘉拿起香烟的镜头，他用香烟来掩盖自己的情绪，低调且玩世不恭。导演昆汀·塔伦蒂诺的电影《低俗小说》的海报则是女主角乌玛·瑟曼趴在床上叼着一根烟，风情万种的气质挑逗所有观影者。

电影明星以吸烟塑造角色个性的同时，也招引来青少年对偶像的争相模仿。美国电影协会就决定将吸烟镜头和色情、暴力镜头一起定为影响电影级别的重要因素。在中国也有规定，影视剧中不得出现烟草的品牌标识，不得出现在国家明令禁止吸烟以及标识禁止吸烟的场所吸烟的镜头，特别是不得表现未成年人买烟、吸烟等将烟草与未成年人相联系的情节。控烟协会自 2011 年起都会发布当年热播电影的烟草镜头监测结果，电影《让子弹飞》《老炮儿》等电影先后获得“脏烟灰缸奖”

既是戏谑，更是警示。

大荧幕仅仅是控烟的一个缩影，在现实中，控烟已经成为全世界国家产生共识的一个常态，世界卫生组织将每年国际儿童节的前一日定为世界无烟日，寄希望于下一代免受烟草的危害。2015 年，北京启动了“史上最严禁烟令”，所有“带顶儿”的场所都实行禁烟。在室内控烟上，欧洲国家走在了世界前列，早在 2007 年，法国颁布的《禁烟法令》在部分公共场所正式生效，掀起整个欧洲的“禁烟潮”。其他国家也对禁烟有相关的管制，诸如新加坡禁止进口任何烟草，不丹的警察则有权破门掐烟头。

吸烟作为一种大众化的嗜好，也是同样遭到大众的抵制和反对。几百年来，一边是官方发出的强硬的禁烟令，一边是公益组织、心理分析家、禁烟人士苦口婆心的劝告。一根蜡烛两边烧，双方的遏制也未能阻碍烟草依赖者神魂颠倒的吞云吐雾。他们对烟草的危害心知肚明，却在幽暗的烟气中飘飘欲仙，欲罢不能。香烟盒上的警告，既是一语温柔劝解，也是徘徊于诱惑与管制之间的瘾者的致命箴言。

餐桌上的迷惑与尴尬

吃的真相：人与食物交往启示录

读书滋养思想，食物塑造身体。罗马不是一天建成的，读书和吃饭有着相似之处，需细细品味且不可一蹴而就。现代都市人快节奏的生活，时间被工作和娱乐挤占，吃饭的意义也从简单的填饱肚子延伸到众多应酬、约会的保留节目，然而，每一口与食物的邂逅不仅是当下品尝美食的喜悦，更重要的是，每一餐每一食都决定了半年后的身体状况。

作为日本运动员膳食管理师第一人的村山彩暖心书写《半年前的食物塑造了今天的你》，从理论到实践，揭开人与食物交往的秘密：从骨骼到神经都由食物牵引着，半年前吃的东西造就了现在的身体状况。“村上食堂”披露了简单易学的独家食谱，以取自天然的普通食材，烹制出家常味道，却够得上运动员标准的饭食。

食物塑型：来自食物的“报复”

加班应酬频繁的都市人总想着“今朝有酒今朝醉”，这种只顾眼前的想法在半年后就要付出代价，食物的报复接踵而至。冰冻三尺非一日之寒，不堪重负的身体传来的抗议并非一时所致。细胞每半年更新一次，制造新细胞的原料就是吃进去的食物，这些食物将在半年之后构建身体状况，如果不断地向食物索取，而对身体的接受度不闻不问，那么食欲“传感器”就会失灵。

食欲“传感器”的概念是村山先生提出的有关身体和食物互动的关键，它的异常也就是三种营养物质（PFC，即蛋白质、脂肪、碳水化合物）的失衡，当食欲“传感器”失灵，意味着身体缺乏某种营养物质，因此萌生吃的欲望，直到这种营养物质得到满足，食欲才自然消失，摄入的多余热量又转化为脂肪，接着不得不开启减肥或挨饿模式，从此不断恶性循环。因此，只有食欲“传感器”恢复了正常，才能恢复身体原有的能量。那这样看来，食欲也有良性与恶性之分，化压力为食欲，以刺激对抗刺激是干预食欲“传感器”原因之一，或借酒消愁，或大快朵颐，甜食、油炸、麻辣味食品等均是减压人群的首选，然而这些重口味食物并不能优化精神世界，反倒增加了身体的负担。只有食欲“传感器”恢复了正常，才能自然告诉身体到底缺乏了什么，它一旦遭到食物的恶意攻击，就会陷入混乱。

在爱吃者中也不乏瘦身爱好者，按照食品热量值，甚至选择零卡路里的食物来保持体重，这种观念在村山先生来看大错特错，瘦身的关键在于 PFC、维生素与矿物质的平衡，在于营养的吸收而非控制热量。坊间传说已久的“吃沙拉减肥”成了陷阱，拌菜的佐料美味可口，却无异于吃进去了油脂，然而蔬菜也只能起到辅助作用，只有同其他食品一同摄入才能起到应有的功效。即便热量值相同的食物在体内的转化方式也是不同的。巧克力能使血糖迅速提升，但相较于苹果和坚果，它在持久度上却更逊色一分。

改变饮食习惯并不等于抑制食欲，那么如何与食物化敌为友，让吃下去的食物成为正能量？饮食搭配决定了自我能量的发挥，食物既可以使你轻松应对生活的挑战，也能让你一蹶不振。一日三餐，一年千余顿饭，根据自身的身体状况规划一份营养均衡多样的私家食谱很有必要，最基本的“三菜一汤”照顾到每日所需的五大营养元素：一份主食、一道主菜、两道副食、一碗汤，如果有条件，再根据个人的工作性质和职业特色量身定做一款发挥最大化可提升效率的食物。

然而，改善饮食只是复原食欲“传感器”的一方面，村山先生所谓的“身体大扫除”即是将运动纳入调节饮食规律的其中一环，没有时间，工作压力大绝非不运动的借口，利用零碎时间运动排汗，通过运动重启身体，燃烧脂肪，活跃细胞，排除毒素，直到产生饥饿感才享受营养均衡的食物，抑制吃的欲望不再是天方夜谭，而是顺其自然。人生变化多端，以食物改善体质并不是一朝一夕可以做到的，人作为一个无限量运转各种食物的容器，有默契，也有容忍；有吸纳，也有抵抗，人与食物交往和人们之间的沟通并无二异，经过长期摸索了解食物的属性正如了解一个人的脾气秉性，了解彼此，方能与它们和谐相处。

基因谜题：被驯化的食物

“转基因”这个概念自从诞生之日起就备受多方关注，对于农民来说，农药和除草剂将从此成为路人，生态农业生产为未来的耕种打开一片新的天地；在消费者看来，它比传统农业生产出的食品在营养和口感上更胜一筹，保鲜期也更长久，尤为关键的是，转基因食品能够满足由人口激增等问题带来的粮食增产需求，与此同时减少对环境的不利影响。

然而，由于转基因打破了不同物种之间的天然界限，对转基因食品安全性的质疑始终此起彼伏，且与日俱增。《明日的餐桌》的作者拉乌尔和帕梅在渲染他们田园牧歌式爱情故事的同时，也在工作日志和餐桌备忘录的字里行间写下作为有机农场主和植物遗传学家的他们对有机农业和转基因的日常印象以及深切感悟。

与其对超市里“转基因”的标签忧心忡忡，不如在拉乌尔和帕梅的带领下到田野和实验室中去，正如蕾切尔·卡特在《寂静的春天》中所说：“我们坚信我们有‘知道的权利’，如果由于认识提高而断定我们正被要求去从事一个愚蠢而吓人的冒险，那么有人叫我们用有毒的化学物质填满我们的世界，我们应该永远不再听取这些人的劝告。我们应当环顾四周，去发现还有什么别的道路可使我们通行。”拉乌尔将自身的耕种经验，结合现代生态学，深入探索有机农业技术；帕梅以专业的视角剖析基因工程的方法和过程，研究了消费者的关注点，以及转基因作物对人体健康和生态环境的潜在风险或益处。

作为资深农场主，拉乌尔在开篇便向消费者厘清了有机农业与传统农业的区别，传统农业普遍依靠农药和化肥，长此以往，害虫对农药产生抗药性，繁殖力有增无减，随着农药剂量的增大，附着在食品表面的残留物还有进入人体的风险。相较于传统农业，现在增加产量要以化学品污染为代价，有机农业则开启了生物控制的防治模式，用活的生物防治病虫害，比如，为了控制啮齿类动物，在农场里放置猫头鹰巢箱，农场不再是单一的耕种，而是一个完整的生态系统，以基于生物学的耕作方式取代了人工合成的化学物质，把植物所需要的营养物质供给土壤，土壤中的微生物再分化这些有机物质，使其被植物吸收，相同产量的农作物，有机农业消耗的能量比传统农业减少近三分之一。依靠自然并收获自然，有机农业从理念到实践的推手即是自然本身，从废弃物回收到改善农作物品种以增强其对逆境的适应力，这样看来，有机农业不外乎变废为宝，因地制宜。

遗传学家的使命即是探索古老 DNA 丝线中的秘密，并将其中的信息传递给他者，以获得意想不到的惊喜，通过改变作物的基因序列培养农作物的品种耐淹涝、干旱或病虫害等逆境生长的能力。帕梅就是他们中的一员，将某一物种的基因转入植物中，评估新的转基因的特性。从公元前 4000 年中国人在长江流域栽培水稻，到二十世纪七十年代，袁隆平率先在全世界成功研制出杂交水稻，转基因作物已经遍布全世界各国。数十亿人已经享受到了转基因食品的福利，而且截至目前还没有任何因食用转基因食品导致人体健康受到威胁的确凿证据。事实上，面对着人口激增、环境恶劣的步步紧逼，农民、研究人员和科学家从未停止过对农作物诱发突变的研究。他们培育出数以千计的新品种，从某种意义上来说，一切食物都是被“转基因”的，这些被驯化的食物会带来一定的风险，但是微乎其微。

在明日餐桌上，既平衡了生态的砝码，又喂养着不断激增的人口，有机农业和转基因将会联手为食客奉上美味佳肴，一个繁茂且美味的世界就这样应运而生。然而，关于转基因的流言蜚语也从未停歇。对烟草酒肉没有戒备，却对转基因锱铢必较，这究竟是毒药还是良方？在没有确凿证据之前，谁都无法做出判定，如雅各布·布鲁诺斯基所言，我们生活在一个被科学渗透的世界，这个世界既完整又真实。我们不能偏袒一方把它变成一个游戏……没有人能只通过读一篇优秀批评家或科学家的推测性文章，就断然认为其所做出的是否是明智之举。因此，我们对于转基因的态度也许只能是审慎的，从可靠渠道收集最准确的信息并尽可能做出最佳的选择。

面食人生：一面一人生

采买清洗、去粗取精、砍瓜切菜、煎炒烹炸……为了吃上一口饭四处奔走、煞费苦心，这一番忙乎做出的美味很快便风卷残云，接着满是油腻污渍的盘碗在水池里等着焕然一新……这一连串的劳作让主攻家务的“疯狂主妇”苦不堪言，每个环节也考验着美食家的耐力。惰性牵引着他们每时每刻都在寻求一款省力省时又好吃且一劳永逸的替代品。

日本人安藤百福便在饥肠辘辘之中催生出了研制方便面的灵感，这种简单快捷的美味一经推出便成为孤独吃饭者的首选。一碗面解除了数以亿计人的后顾之忧，安藤的发明缓解了全球吃饭苦恼者的困扰。然而，速食拉面仅仅是日本在全球饮食文化中施展才华的冰山一角，《拉面：食物里的日本史》就串联起文化史和烟火气。

日式拉面的诞生及其引领的城市文化

寿喜烧、咖喱饭、章鱼小丸子、刺身、寿司……这些百吃不厌、深入人心的国民美食得益于日本人与生俱来的极致匠心精神，在众多美食中间，拉面（Ramen）击败荞麦面、乌冬面，成为日本料理和文化软实力的象征。日本人对拉面的热爱不可言喻，他们吃拉面不分昼夜，有的“拉面狂魔”一年吃掉一千多顿面，吃遍六千余家遍布日本各地的面馆，这道诞生于二十世纪初的美食，是学生、夜店消费者、御宅族的最爱，成为夜宵、酒局或者聚餐的尾声，之后拉面逐渐成为社会底层和劳动阶级的正餐，拉面馆数量之多远超其他餐饮店，甚至还建起了拉面剧场和拉面博物馆，日本人对拉面的热爱可见一斑。

由面饼演变成的面条，其来龙去脉已经不得而知，有说法说在过去面条是球形、椭圆形或扁平的，在世界农学史上最早专著之一的《齐民要术》中有记载韭叶面食“水引”的做法与今天所见的面条极为相似，也被视面条在世界范围内的诞生。十世纪时，遣唐使沟通了中日在文化上的联系，诸多从中国而来的舶来品成为日本人的最爱。二十世纪初，中国厨师王文彩在札幌开了一家名为“竹屋”的餐厅，开业之初就对面条做了改进，加入了让面条更有弹性的苏打，高汤里有鸡肉和蔬菜。大功告成之后，王文彩经常脱口而出“好啦”，这也就是拉面名字的由来。

拉面起源于江户，发展于明治，在和风中融入了中国传统，这碗承载着中日渊源的面条则是“集大成者”，颇具历史滋味。王文彩的小本生意成就了拉面的雏形，此后拉面馆便如雨后春笋般遍布全国，吃腻了米饭的日本民众终于有了其他选择。在食物匮乏的时候，一碗暖心的拉面带来的满足无与伦比，所谓美味食物都有讲究，随着时间的推移和诸多老饕对其苦心孤诣的研究愈加神秘，与吃面相关的规矩和禁忌根植于日常生活之中，光是吃拉面的规矩就有很多，在日本面馆，食客要吸着吃面并发出“哧溜哧溜”的声音以表示赞美，悄无声息地吃掉碗中的面以及最后碗里剩有汤面皆被视为一种对厨艺的亵渎；在中国，吃面时嘴巴发出声音会被视为没有吃相、粗鲁无礼，较为优雅的吃法是将面条卷绕在筷子上，而且常以吃面的方式庆祝特别日子，比如迎客接风、庆祝生日，日本则没有这样的讲究。

从大众热捧到虔诚膜拜，拉面在日本民众之间攒足了人气，成为日本流行文化中的一部分，同时受到漫画、电影、广告、电视剧的大力热捧，比如畅销漫画以及电视剧《深夜食堂》，满足了食客夜生活的味蕾，也带动了城市文化。

一碗面引发的地域差异和身份认同

在中国，面食是北方人的专利。然而，细数各地特色面条方可识破这种长久以来的偏见。

面条的烹调手法、形态、口感、火候、吃法等形态各异，但万变不离其宗：有干拌的，如武汉热干面、重庆担担面、北京炸酱面；就有带汤的，如镇江锅盖面、河南烩面；有热的，就有凉的，如延吉冷面；有光面，如阳春面，也有带卤以及放“标配”葱、姜、蒜、香菜等各种作料食材的，如昆山奥灶面、杭州片儿川、港式云吞面；揉、拉、捏、擀、削成大宽、二柱子、韭叶、细面、毛细、荞麦棱等不同形状，如山西刀削面；有素的，如重庆小面；就有荤的，如兰州牛肉拉面；有弹牙筋道的，就有绵软入口即化的；有酸辣的，就有咸口的……豪爽还是精致，全都依个人口味。在日本，从七世纪开始持续了整整千年的“禁肉令”，直到解禁之后汤面的配料里才有叉烧肉，如今的拉面汤底大致可以分为鸡骨、猪骨和海鲜三种，配有紫菜、昆布、高汤以及时令蔬菜，九州人偏爱猪骨汤底，东京人爱吃酱油味的，北海道则更喜欢吃味噌。

虽然中日面条在做法和配料上有一定差距，然而好吃的话不外乎“汤头醇厚、味道鲜美”，一碗之后意犹未尽。各个地域的民众在口味上的诉求有所差异，做出面条的口味沿袭着祖辈历来的传统，并且迎合现代人的饮食习惯而做出革新，因此，一碗面有着地域上的差异，做法和口味也契合了当地人的气质，有粗放豪爽的，也有惬意精致的，与此同时也能唤起同道中人的共鸣，引发一种身份认同感，尝尽美味，道出乡愁。重庆小面，一个“小”字就透露出了重庆人的俏皮，水面加青菜再简单不过了，老北京炸酱面则讲排场，面码儿越多越有吃头儿，白菜丝、芹菜末、青黄豆、小萝卜黄瓜或丝或段，没有面码，再香的酱也弥补不了，面条过水或锅挑儿，扤一勺酱，菜码每样夹一口拌起来，齐活。

在中国面馆，经常能看到有食客端着面条站在户外大快朵颐，就餐高峰往往挤满了前来吃饭的食客，排队点餐、等着服务员叫号领餐或者自助取餐的、等位的、找座位的，人一多就不得不拼桌，少不了寒暄客套闲聊几句。然而日本面馆里却很少能看到这样的情景，通往用餐区入口和出口都被帘布挡住，保护店里客人免受他人视线的侵扰，单人隔间座位，眼前的布帘挡住了厨房里烹饪的场景，这样极为安静的进餐环境给食客营造专注享受汤面的氛围，也增进了吃面的仪式感。从面馆里的这番景象就能看出，中国人好热闹，日本人则注重隐私，成为边吃边思忖的孤独美食家。

但无论哪里的食客都对拉面没有抗拒力，它便利、便宜、即食又美味，日本人安藤百福从天妇罗的制作中得到了启发，油炸面饼再次加入热水中还原成原来的样子，之后逐渐演变成速食拉面开杯乐，也正是中国的方便面，从饱腹到美味，深入人心。一碗面里盛着说也说不尽的故事，涤荡着严肃的历史和个人的情怀。填满了胃，慰藉了心，一碗面足矣。

咖啡续命：口中之味，遮不住生活的苦涩

人手一杯咖啡不知何时成了白领下午茶的标配，在驱散睡意提高效率的同时，给午后的精神注入了愉悦感和原动力。在“咖世家 Costa”“星巴克 Starbucks”等欧美品牌之间，“瑞幸咖啡 luckin coffee”脱颖而出，这个宣称“做每个人都喝的起、喝得到的好咖啡”的亚洲品牌，在短短一年半的时间里登陆纳斯达克，这让很多人始料未及。“小蓝杯”的成长伴随着争议与多方挑战，它的成功正是瞄准了咖啡零售的新模式，门店

遍布繁华商圈，吸引来各个阶层的消费者。

在快节奏生活的今天，曾经喝茶的传统在很多时候被咖啡所取代，这种苦涩的黑色饮品之所以笼络到了一大批“咖粉”，还源于它对脑力工作者有着诸多利好。《咖啡瘾史——一场穿越 800 年的咖啡冒险》的作者斯图尔德·李·艾伦（Stewart Lee Allen）走遍四大洲，喝掉 2920 公升的咖啡，探寻咖啡牵动人类味觉的漫长进程。从埃塞俄比亚的卡法（Kaffa）小镇，兴盛于欧洲，到在美国广泛传播，这一杯“快乐肥宅水”不断搅动着人们的想象力和好奇心。

咖啡馆：拓展社交圈的胜地

咖啡是阿拉伯人送给世界的一个惊喜，然而随着它逐渐渗透到现代文明，其变体也潜伏在茶、软饮以及能量饮料之中，咖啡因就此潜入体内，喝过的人在不知不觉之间神清气爽。十七世纪中期，咖啡还是上流社会贵族阶级的专利，直到十八世纪，由意大利人开的第一家咖啡馆“普洛科普”（Café de Procope）才落地于巴黎，伏尔泰、拿破仑、卢梭都是座上客。咖啡馆的装潢简约时尚，镜子、水晶灯、大理石餐桌，还有与咖啡搭配的冷饮、蛋糕以及其他甜品，与当下流行的“ins”风格咖啡馆的布置摆设并无二致。只不过咖啡在那时是绝对的奢侈品，不像现在价格低廉，老少皆宜。

咖啡与酒，代表着清醒和迷离，也正是咖啡拯救了那些沉迷于酒精中的醉醺醺的人，改变着人类思维转轮的速度，大众的气质也就此焕然一新。十九世纪，咖啡才得以在大众之间流行开来，德国男权主义盛行，酒馆成了他们消遣的去处，女性则在咖啡馆里聚会聊天，这即是“咖啡闲聊”（Kaffeeklatsch）和“咖啡姐妹”（Kaffeeschwester）的来历所在。而在维也纳，桌球和报纸引进到了咖啡馆，吸引生意的同时，也增添了娱乐性和文化意味。

二十世纪“星巴克”崛起，迄今为止发展成全球最大的咖啡连锁店，数不胜数的网红咖啡店也应运而生。店里柔和的光线渲染着温柔的气氛，客人端坐在舒适的扶手椅上处理着工作，抑或在高脚凳看着玻璃窗外过眼的风景，浓香的咖啡气息始终缭绕于周围。咖啡馆给人以自由和想象，点上一杯一饮而尽或是慢慢品味待上很久。到了周末，三五好友相聚于咖啡馆，这里没有餐厅的油腻，没有酒吧的喧嚣，聊天自拍消磨时间不亦乐乎。事实上，咖啡并非是一杯单纯的饮料，更是时尚的象征。这也是大多数年轻人手举咖啡杯走在街上的原因，咖啡杯装饰的效用远远大过实用，以此作为流行的符号来彰显出活力与文艺气息，也能在无意间结识同好。

咖啡馆的普及使咖啡从小众走到了大众中间，从寒暄洽谈到网购拼单，从到店购买到智能消费，不同的购买方式满足了上瘾族在平日生活的饮用需求，在重复和效仿之中拓展开了“大咖”们的社交圈。

咖啡：文学家提升创作产量的“兴奋剂”

咖啡与文学向来渊源颇深，诺贝尔文学奖得主帕特里克·莫迪亚诺（Patrick Modiano）写过《青春咖啡馆》，卡森·麦卡勒斯（Carson McCullers）写过《伤心咖啡馆之歌》，梵高说过“咖啡馆是一个可以让人疯狂的场所”。在咖啡馆这个有故事的地方，也曾迎来送往不少作家，成为头脑风暴的阵地，作家加缪、萨特、海明威，作曲家贝多芬，画家毕加索延续着买一杯咖啡耗一天的传统。

一杯咖啡打开了作家的话匣子，往往孤独寂寞、少言寡语的他们聚在一起，在熙攘的人群中找到彼此的共鸣并结盟，有人抽烟小憩，有人奋笔疾书，有人聊天争辩，澄明思绪的阴云，松绑琐事的烦闷，以此促成时代的思想脉络。十八世纪，咖啡意味着启蒙，孟德斯鸠在《波斯人的信札》中曾写道：

“咖啡在巴黎非常普遍。很多咖啡馆都能冲制出令人大脑清醒的咖啡，走出咖啡馆时，所有人都感觉自己比进门时聪明了四倍。”每个成功人士的背后都有大量的咖啡。作家巴尔扎克每天至少喝下浓度相当的五十杯咖啡，急需时甚至嚼一把生咖啡豆。在《咖啡的愉悦与痛苦》里他写道：“咖啡在我的生活中举足轻重，其作用可用史诗级来论之。”有的作家不仅钟情于品味，甚至更爱“买买买”，斯威夫特的家里囤了大量咖啡豆，自己喝还送给朋友们。斯蒂格·拉森在《龙文身的女孩》之中写到主人公拥有了世界上最顶尖的 Jura 咖啡机，这个融合了咖啡豆和所需口味煮制的咖啡是每个咖啡控梦寐以求的，必定也是作者的理想装备。诗人兰波甚至弃文从商，做起了咖啡生意……

咖啡成为作家的写作伴侣，也是提升创作产量的“良药”，陪伴他们度过漫漫长夜，沸腾热咖啡散发的气息舒缓着蒲柏难以抑制的头疼，正像“咖啡”这个词源自希腊语 Kaweh，意为“力量与热情”，它的温热赋予作家一种生命力，然而咖啡因力度的强弱很难把控，多种咖啡口味不过是从清淡到浓厚、甜咸酸苦以及烘焙强度的排列组合，力度得当加快了思维的灵活度，过量服用就会心慌、出汗、焦虑、恐慌，甚至患上咖啡因焦虑症，然而戒断它又会头疼倦怠、冷漠抑郁……

咖啡因嗜好者因此而得益、沉迷甚至深受其害，正是莱辛感叹的“令人高兴又令人忧伤的咖啡!”

咖啡因本是苦涩的白色粉末，却能冲出一杯黑如深渊的漩涡，好像作家干枯的思绪沏开绽放的灵感，又好像那些靠咖啡续命的年轻人，口中的醇香，遮不住生活的苦涩。

奶茶浪潮：日常加糖，烦事扫光

曾几何时，下午茶时光是有钱有闲小资阶级的专享。精致马卡龙、香浓茶饮或咖啡、和煦日光……在这些美好事物的烘托下，深陷温柔甜蜜的生活纹理之中即是人生之快意。与之相对的，是披星戴月的社畜在隔间里勉强果腹，他们苦苦寻求生存重压之下的一丝缓冲，没有合适时机大快朵颐，却可挤出分分钟“小酌怡情”。白水无味，饮酒误事，年轻人在局促的选择中开辟出一众为精力充电的快乐肥宅水。越来越多的新派茶饮品在市场上涌现，奶茶店在全球范围内迅速崛起，一时间目不暇接，网红茶饮成为年轻人打卡的新据点，也是他们紧张之余甩掉“小确丧”，寻求幸福感的避风港。

小孩儿喝奶，中年人饮茶，介乎于二者之间的青年人无奈只能将奶茶作为饮品的过渡，正如他们不愿正视自己已经成人，即将背负重任的事实。奶茶被视为当代巨婴的抚慰剂，奶茶店则是他们在城市空间穿梭的精神驿站。《茶店新浪潮》的作者达达身为著名网红茶饮品牌“喜茶”设计顾问，以茶店设计案例入手，窥探现代茶空间的设计风格和新兴趋势。

奶茶衍生与幻想：混搭味觉盛宴

奶茶最早起源于蒙古高原的游牧民族，经过上千年的流传，很多地区在不断尝试中已形成了适合当地人不同口味的奶茶，比如香港的丝袜奶茶、台湾的珍珠奶茶等。奶茶里有奶的醇香和茶的味道。在古代，茶就是中国式的饮料，文人墨客烹茶迎客吟诗作画，将自然的味道融入社会交往和情感互动之中，探索生命的意义，发思古之幽怀；而如今，饮茶的癖好深入了百姓的日常生活，所谓的茶道也失去了往日的仪式感，其去油解腻、提神醒脑的功效倒是被人啧啧称道。

日本学者冈仓天心在《茶之书》里说，茶道是一种对“残缺”的崇拜，是在我们都明白不可能完美的生命中，为了成就某种可能的完美，所进行的温柔试探。现代人快速的生活节奏，所有时间都被压缩填充，如此“满格”的生活，愿望即刻实现根本不存在缺憾，茶道本是慢生活里的一拍，却在这快节奏的生活里被粗拙过滤掉了，“温柔的试探”也不在，取而代之的是“敷衍的成全”，一饮而尽草草了事。

在年轻人中间，碳酸饮料和咖啡因瓦解了他们对茶的亲密感，但中国人与茶多酚由来已久的缘分却始终牵引着他们对于茶的依赖，因此，为了迎合现如今饮品在口感上的多样化，制茶工序也趋于复杂化。全糖、半糖，加水果、榛果、奥利奥、焦糖……浓厚的茶，配上香醇的奶，柔和的泡沫成就了新兴的仪式感——借着店内时尚的装潢，拿着奶茶杯，对着镜头“凹造型”，然后“舔奶盖儿”……所有这些操作都是为了给日常加点糖，仿佛尝过了甜头，烦事才能一扫而光。

在大型购物商圈或者繁华的商业地带，时常能看到奶茶店门口排起长队等待一试的年轻人。事实上，一杯奶茶所包含的脂肪和卡路里需要几个小时的高强度运动才能消耗，明知“一时好滋味，减肥累断腿”，却还是难以抵挡美味的诱惑。也正是这样，情绪的起伏跌宕全靠奶茶扭转，它在食客那里的意义远远超出了一杯饮品所能提供的，它更是调节心情的一剂良方，这正是奶茶爆红的原因之一，也是食客为自己制定的消费噱头。

制茶与饮茶的互动：剧场多维体验

在话剧《茶馆》中的开场前，老舍写了这样一段舞台提示："这种大茶馆现在已经不见了。在几十年前，每城都起码有一处。这里卖茶，也卖简单的点心与菜饭。玩鸟的人们，每天在遛够了画眉鸟、黄鸟等之后，要到这里歇歇腿、喝喝茶，并使鸟儿表演歌唱。商议事情的，说媒拉纤的，也到这里来。那年月，时常有打群架的，但是总会有朋友出头给双方调解；三五十口子打手，经调解人东说西说，便都喝碗茶，吃碗烂肉面（大茶馆特殊的食品，价钱便宜，作起来快当），就可以'化干戈为玉帛'了。总之，这是当日非常重要的地方，有事无事都可以来坐半天。"

老舍笔下的茶馆既是隐喻，又是现实。时隔一个世纪之久，老舍笔下的茶馆在城市中寥寥无几，而茶馆中这样的人们和热闹场面更是凤毛麟角，难得一见了。然而，食客来茶店的初衷未曾改变——品茶闲聊。在传统茶馆中，屋里有柜台、桌凳，屋外也设有凉棚，后厨烹茶，再由侍者端给三教九流的座上客。如今来往茶店的大多是年轻食客，于是店面也一改往日传统，多用亚力克、黄铜、玻璃、水磨石简约克制的底色，抽象几何、北欧植物作为点缀，商业兼公共艺术展示，俨然一个“未完成”的装潢设计，赋予空间现代禅意的审美基调。清空所知，将空白留给感性的想象，各种茶罐、水果、糖浆无形中成为店内装饰品，敞开式的吧台，食客可以一览无余饮品调制冲泡的全过程。为了招揽人气，有的茶店还额外开设街边档口，将购买力向外延伸。

商业模式的转变更容易让年轻群体与茶建立联系，店内生产过程透明化，调茶师在酷炫的“表演”中与食客的互动，让茶店的功能不仅仅止步于满足大众的口腹之欲，而是多维度的感官享受，在室内光线和背景音乐中烘托出剧场情景的沉浸式体验。茶座儿照顾到私密性的同时，又有一定的开放性，回归茶作为情感交流的载体，突破传统私密感的茶室和单一的空间形态，或一人独处、拼桌围坐，或商务洽谈、多人聚会，落座的随意和偶然彰显出茶店附带的社交价值，微妙的情感维系推动了社交群态度上的分享，也是互联网营销冲击之下的实体店的转型。

前来找茶的人未必渴了，可能是换个和世界相处的模式，不那么聒噪，为自己留有余地，而茶店刚刚好。

饭局演变：食之味，局中迷

吃的历史与人类发展的进程几乎同步，从人类的近亲黑猩猩到石器时代的协作捕猎，从古罗马时期的盛大宴席再到如今家庭的日常聚会，人们为何在吃饭时有着积极的分享精神？剑桥大学考古系教授马丁·琼斯（Martin Jones）以考古发掘与田野调查解答了这个问题。如他的《饭局的起源》解密由来已久的“食之味，局中迷”。

事实上，动物与人类在“吃”上有很多共通之处，比如亲昵的人之间互相喂食，周期性寻觅食物，等等，他们出于同一目的将群体聚集在一起，这种复杂的交换成为如今饭局的雏形。人类注定要摆脱一人食的孤独，追求多元化的食材，乐于在聚餐时找到同好，交流美食心得。一桌席不仅可以品味到饕餮盛宴，还能洞察出文化的味道，个人的性情。

从食物窥见性情

人类学家致力研究生存目的之外一切与“吃”相关的习俗、宗族、阶级、信仰、禁忌，以家庭、身份、权力的视角阐释这些层面的差异与共性，正是这些构成了所谓的饮食文化，如果梳理一个人一生的饮食清单，就能追溯他的气质性格、社交范畴，甚至可以找到所有值得庆祝的人生转折点。在不经意间，饮食透露出了一个人或某个群体的隐私和风格。

一人食、二人餐、三人成局。吃饭从最低级的填饱肚子的需求，到追求格调，再到奉为礼仪经历了悄然的飞跃。从泥板文书上可以追溯到古代苏美尔人的聚餐菜单，奢华的盛器餐具、隆重的礼仪以及华丽的服饰。如此高级考究的排场让人叹为观止的同时，也不禁令当代人汗颜。随着时代的变迁和社会的进步，对于口腹之欲的满足越来越容易。卷入快节奏生活、需要独自觅食的上班族无暇顾及吃的品质，似乎也越发敷衍了事，速食快餐等填饱肚子为上的食物占据了大多数人的餐桌，更别提摆出体面的宴席、选择营养丰富的菜肴了。

而在宴席上，对于饮食有着不同理念的人也会自然而然分成两派，有倡导健康膳食的，就有乐于尝鲜的，甚至为了吃到所谓的“山珍海味”而不择手段。他们是食物的猎奇者，觅食对他们而言好比探险，更有甚者将珍稀动物搬上餐桌，殊不知他们的一时痛快正逐步将自己置于死地，如琼斯所说：“作为杂食动物，我们人类消费了大量来自不同营养级的食物，这些食物中也包括其他杂食动物，看来，我们的行为正在将我们自身所属的食物网置于永久被破坏的危险之中。”这些进食者心急如焚地打开了潘多拉的盒子，反噬着自然给予的恩惠，释放着人间的贪欲。

罗马盛宴最能体现分享食物破除人与人之间“界限”的重要性，无论身份高低贵贱，贫穷或者富有，尤其在多种族融合的边境更为显而易见。所谓“入乡随俗”，“吃”是最容易让异乡人融入当地、拉近关系的途径，一口饭食改变的不仅是他们对于陌生环境的戒备，与此同时还带动了他所联结的社交网络。从抵触到融合，从边缘到主场，饭局的意义不再是一桌堆砌的食物，而是社群之间的互动，他们在发现新的食物或者吃法，重新定位自己在其中的角色。如果说一个人与任何陌生人之间的间隔不会超过六个人，那么饭局就可以被视为一种联结更广泛文化关系网的小世界，它以食物沟通文化表达情感。

当餐桌成为秀场

远古时代原始人协作捕猎，宰杀了驯鹿、野牛、猛犸象，围坐在篝火旁分享食物，一顿烧烤饱餐之后再用兽皮、兽骨搭成房子，一举多得。英文中的“焦点”（focus）就来自拉丁语的“火塘”，除此之外，还暗含有“家”的意思。法国人类学家克洛德·列维-施特劳斯（Claude Levi-Strauss）就赋予场景中心一种社交语言。他认为，女性掌控着火候，内凹的厨具、节俭包容的姿态都被视为“内烹饪”；而在火炉之外，充满着变数与危机，也就是男性主导的“外烹饪”，他们会直接把食物放在上面烧烤，多余的肉则被抛弃，肆意浪费。

列维-施特劳斯对于“内外烹饪”的看法类似于俗话的“文吃”与“武吃”：一种是精致的小火慢炖，另一种则是粗犷的大快朵颐。这不仅彰显出性别对驾驭饭局的特质，还以“灶火”为切入点划分出了不同的社群，惬意地聚拢在一起，抑或自由地分散开来，折射出了人类的两种生活方式，即定居与游牧。如今，餐桌代替了那团火，“内外烹饪”无疑也在暗示着两种常见的饭局模式——桌餐与自助，一种偏向于条理与秩序，另一种暗示着某种动荡和不稳定。中国人经常“共食”，众人聚在一起，所有人的筷子伸向同一道菜，西方则以“分餐”为主，即便围坐在一起，也是各人使用自己的餐具，互无交集。两种文化下的进餐模式在情感上、健康上各有利弊，也可以洞悉中西方人交往之幽微。

众人谈笑间津津有味的欢乐，远远大过一人吃独食那个瞬间的风卷残云。所有行动、表情都随着食物的升温而活络起来，宴席上微妙的言语拉近彼此的距离，头脑风暴，其乐融融，但也有将一席牙祭酝酿成鸿门宴的可能。毕竟有人的地方就有江湖，不同观点的站队，有眼缘的抱团儿，小团体的圈子就是在餐间形成了隐形的关联，座次隐约透露出关系亲疏、老幼尊卑，也就是说，正是饭局为社会成员之间的沟通搭建了纽带，吃饭这桩小事就是这样演变成社会生活的核心。茶余饭后的闲谈也是八卦趣闻的诞生地，口耳相传的消息就此不断延伸，共享食物的同时，也瓜分了传闻，那个“说故事的人”仿佛现场的脱口秀艺人，当餐桌演变为秀场，因为有了众多听众，他才名正言顺地成为继食物之后的第二个焦点。无论在家庭聚餐还是盛大的宴会中，有话语权的人也会像国王一样被捧到“C位”，成为众人瞩目之人。

火锅溯源：除了热辣还有什么

中国人对于吃饭向来讲究，一日三餐，一年四季，各地自有讲究和规矩，平日如此，适逢假日更是充满了仪式感。久而久之，吃饭这种看似简单的日常，经过社群周而复始的循环，也凝聚了从祖辈沿袭而来的传统智慧和文化沉淀。在津津有味或大快朵颐之中也诞生了不少美食家，其中不乏历代文人墨客，杜甫写“夜雨剪春韭，新炊间黄粱”，诗句中透出韭菜的鲜嫩和“二米饭”的清香，离乱之际友人久别重逢自然少不了热情款待；一块“东坡肉”更是牵出一连串苏东坡从政的逸事，爱吃肉且好烹饪的他公布自创秘方并流传至今；郑板桥有诗句“扬州鲜笋趁鲥鱼，烂煮春风三月初”，被誉为“南国绝色之佳”的鲥鱼肉质醇厚，但是如此美味也有抱憾之处，张爱玲曾说的“人生三恨”首当其冲就属“鲥鱼多刺”。

成长于英国牛津，专攻文化研究的扶霞·邓禄普（Fuchsia Dunlop）在中国交流学习期间被四川当地的饮食所吸引，从而开启了她在中国的寻味之旅。

味的狂欢：人与食物之间讲究缘分

从浅尝辄止到百无禁忌，从试吃新手到美食达人，从被条条框框拘束的学院派到放飞自我技艺娴熟的大厨，在中国的短暂停留仅仅是扶霞美食生涯的开始，也可以说，中国之行点燃了她怀揣已久的美食梦。在其后的二十年里，她写了诸多关于中国烹饪和饮食文化的作品，《鱼翅与花椒》就是其中之一。这部作品不只是单纯的吃货心得，还是一段未知旅程中的食物历险记，每章尾声时的特色菜谱还列出了她研究考据的成果，以供列位如法炮制。

吃饭对于大多数人来说是生存，是品味，是享受，但对于有着“美食基因”的扶霞而言，吃的意义远不止于此。小时候的她就对烹饪情有独钟，在旅行途中学做异国菜肴成为她的规定打卡动作，日记里也尽是烹制菜品的来龙去脉。从盘中寻出原料和做法的蛛丝马迹，这独具匠心的爱好来源于母亲的引导，也成为日后扶霞美食探秘的家传秘籍。

虽说“君子远庖厨”，但对扶霞来说，亲近美食必定要亲力亲为，看着它们从生到熟，从寡然无味的原材料到色、香、味俱全的盘中餐，唯有掌厨者见证了食物的蜕变，也在做饭的过程中完成了完整的自我认知。

在扶霞看来，中国人对待做饭的观念也决定了对健康的态度，讲究膳食搭配平衡，不像西方人对吃饭只有单向的意识，日常以汉堡薯条等油炸食品敷衍了事。不满足于做一个纯粹的吃货，扶霞来到中国，踏上了寻味之旅，探究中华美食无异于田野调查，当地小馆、街头市集、烹饪学校见证了她身体力行、一波三折的美食考据。旧时师徒之间对于厨艺智慧的交流靠的是口传心授，师父担心徒弟掌握了秘诀而自立门户，“留一手”的传统让他的手艺成为独家美味的同时，也失去了传承的可能性。这也是为何中华美食的口味始终无法标准化的关键，少一味调料或是步骤，都会令味道大相径庭。扶霞和同学们参照同一个菜谱做“鱼香肉丝”，最终的成品却各有千秋，色泽从浅到深，味道从清淡到浓郁，从刀工、调味到火候的偏差都会影响菜品的色、香、味、形。

由此看来，即便吃到了相同的食物，口味也因食材的来源、做法等不同而截然不同。有人因此爱上此类食物，同时也有人与它就此别过，有人一见钟情，也有人望而生畏；有回味无穷意犹未尽，相反就会有无动于衷形同陌路。人与食物缘分的深浅也如同人际关系一样的微妙。烹饪学校的经历令扶霞感悟颇多，切菜犹如一种冥想，做饭与学语言并无二致。刀工的精髓除了其美学意义，还在于实用性。在中国的饮食文化中，关于切菜的刀法依据大小、角度、力道的区别而有所差异，经过切、片、砍等步骤，加工过的食材就成了条、块、丝、丁等不同形态。

作为美食家，扶霞对各种食物来者不拒，然而中国在饮食上广阔的包容性还是令她心有余悸。二十世纪九十年代正值中国经济高速发展、面临社会转型的时期，一切革新也带动着舌尖上品味的“试水”，餐桌上的鱼翅彰显出奢华，丰富了味蕾却透支着生态环境，威胁着珍稀物种，这也是由此引发的隐忧和思虑。而在大众的餐桌上，唱主角的永远是“下饭菜”，毛肚、海参、兔耳、黄喉……面对着多样而又陌生的食材，从起初的心惊胆战到来者不拒，扶霞入乡随俗，打破了文化禁忌，突破了自我障碍，从而开创了一片美食上的新维度。她迷恋垂涎欲滴的川菜，更钟情于吃“兔头”时的那种令人胆怯又无比渴望的“危险诱惑”。以麻辣著称的川菜讲究“一菜一格，百菜百味”，如此百搭多元化又可以平凡为神奇的美食赋予四川人悠闲巴适的生活。

胃的乡愁：从食物的禁忌到身份的认同

尝遍四大菜系，游历过大半个中国的扶霞对于中华饮食有了深层次的思考：饱尝了“味的狂欢”却逃不过内心道德拷问；安抚了“胃的乡愁”反而迷失了自我……从食物的禁忌到身份的认同，这是摆在每一个异旅人面前的难题。

诚然，长期浸泡在另一种文化中很可能扭转原本对自我的认知，正如她所说的：“一个国家越陌生，当地人的饮食越怪异，居住在这个国家的外国人就越想要严格地坚持自己故国的规矩……吃别国的菜，是很危险的。一筷子下肚，你就不可避免地失去自己的文化归属、动摇了最根本的身份认同。”

对于皮蛋这种吃食，扶霞的第一印象异常恐惧：“这两瓣皮蛋好像在瞪着我，如同闯入噩梦的魔鬼之眼，幽深黑暗，闪着威胁的光。蛋白不白，是一种脏兮兮、半透明的褐色；蛋黄不黄，是一坨黑色的淤泥，周边一圈绿幽幽的灰色，发了霉似的。整个皮蛋笼罩着一种硫黄色的光晕。”越吃越广的美食，越来越深邃的疑问，扶霞一边咀嚼着异国的饭食，一边低声扪心自问，那个左手拿刀，右手拿叉，三餐离不开培根、芝士、甜点、三明治的英国女孩去哪了？那些精致的英式就餐礼仪呢，也随之抛到了九霄云外了。

从碰撞到交融，在一次吃虫的“遭遇”后实现了逆转。如果在中国的餐厅，她会毫不犹豫地夹起来吃掉，毕竟见识过了蜂蛹、柴虫以及一些不知名的虫子。经过二十年的适应和“磨炼”，原本被她视为古怪的食物，早已司空见惯，一只小菜虫更不在话下。但是身在故乡的她却因此而迟疑，脱胎换骨的“中国胃”如何对接起令他者认同的英国身份？餐桌上“吃与不吃”的犹豫不决直观呈现了她在两种文化之间进退维谷的选择。最终她平静地吃下了那个菜虫，如同她说的，这一餐是她自我认知的一道门槛，在此之后，她不再刻意地表明自己的立场和态度了，一切尽在不言中。

不破不立，西方的饮食习惯早已深入扶霞的骨髓中，历史与舆论对中国饮食的偏见曾经令她望而生畏，当她感叹于精湛的刀工艺术，读懂了民间膳食的养生之道，当她目睹了成都老街焕然一新，城市迅速的发展不断刷新着熟悉的面貌，而属于这座城的味道是不是也面临着一去不复返的危机呢？毕竟不是每道菜都有被冠名的好运。

时过境迁，谁还会记得烹制过它们的厨师呢？正是这些超越食物本身的东西令扶霞继续着她的事业，毕竟，唯爱与美食不可辜负。品尝过饕餮盛宴，享受过丰盛佳肴，吃饭对于如今的中国人而言不仅仅局限于果腹，一面是高速时代的生活，熬夜加班带旺了速食和快餐的走红；另一面是健身达人和环保人士主张的轻食主义和素食生活。下厨房对于当代人来说，在某种意义上成了负担和累赘，这也是扶霞的焦虑所在。所谓胃里深藏着乡愁，扶霞早已将中国视为她的故乡，在她伦敦的家里随处可见中式美食的缩影。美食的背后是文化，更是传承和传播。在不远的将来，扶霞还会继续奉上以中国美食烹制成的诱人文字，让更多西方人一起加入这场美妙绝伦的味蕾冒险之中。

饮食男女：菜场里的男人，厨房里的女人

时尚商圈的兴起，吞没了街巷里热闹的菜市场，传统市场的兴起与没落不得不随着生活形态的变迁而减轻了它在庶民生活记忆的分量。如果说章小东写《吃饭》勾勒出了女人的厨房，那么刘克襄的《男人的菜市场》就是一场男人的菜市场巡礼。从事自然观察、历史旅行与旧路探勘近三十年的台湾作家刘克襄挖掘着潜藏在传统市场里名不见经传的吃食，在寻访时蔬谱系的同时，解说着食材风土的来龙去脉。

厨房里的女人，嗫嚅着的乡愁

吃饭，一种每天三次的全民运动，看似平凡的重复，却在每口咀嚼中埋藏着一段段故事，家庭琐碎杂事，街边巷尾见闻都就着热腾腾的饭菜或痛快的分享，或嗫嚅地吞到肚子里。章小东写的《吃饭》因她异乡人的身份而有了意想不到的波折，身为文学大师的她，出身名门却命运多舛远渡异乡。可是不管人走多远，胃永远连着家乡的味道，正如她在文末所说："我找到了吃饭，却丢失了味道，这是在我异乡的长梦里常常出现的味道，过去的味道，小时候的味道，我自己的味道……"

章小东吃饭的旅程随着中国二十世纪八十年代出国潮起涌动开来，撇下了"万般皆下品，唯有读书高"的乌托邦理想，"出去是为了吃饭，回来是寻找味道，但是整个味道已经不一样了。不但是吃饭的味道，文化的味道，社会的味道，都是再也找不到的了"。没有饕餮的酣畅淋漓，也并非细嚼慢咽的品尝，也许从小时候吃饭时手高高地捏住筷子，就注定远行的命运。

在故乡，为了活着而吃饭；在他乡，为了吃饭才活着，曾经闺阁里美妙的就餐，如今残酷到在无根的土地上找饭碗。刘再复在序言中说：“人毕竟是人，人的肚子害怕被饥饿所折磨，而人的脑子则害怕被空虚所盘踞。”什么样的人吃什么样的饭，知识分子自有他们的苦中作乐，精打细算的本事，结交四方之友的乐趣，因而“慢餐俱乐部”间隔在快节奏的工作中经营得有声有色。

食材如人一般，有着自身的性情，它们在冷暖的世间连接着人的终极存在，相互碰撞出个中滋味。清水涤荡人生的悲苦，小火慢炖出一丝难得的幽香，再大火翻炒至色泽鲜艳，味道入里，或温热暖糯平易近人，或蜇舌辣心尖锐残忍。《红烧狗肉和罂粟花》中一顿“三六香肉”牵扯出两代人在吃食上的代沟；《请客和吃饭》初来乍到，一场突如其来、手足无措的聚餐就在火鸡腿的宰割上展开；《风鸡和 BBQ》里一场欢乐的聚餐最终被一场噩耗终结；也有《蛋糕和春卷》流露出的父子感恩之情……《吃饭》中主人公大多设定为女人，也许是因为她所讲的大多数并非出自虚拟的故事，更多的是个人的心得。女人是厨房的主角，也是宴席的参与者，她们观察着食客品尝时细微的表情变化，用以断定他们来自食品褒贬的真伪。

厨房里总要有一个女人忙碌的身影，才有家的味道。小时候，母亲教导“王者以民为天，而民以食为天”；临行前，母亲嘱咐“吃饭要吃得有尊严，有目标，不能为了吃饭样样都去做”；出国后，改造灶台时，收拾行李时，母亲的身影一次次跃然而出……为了吃饭过着颠簸的生活，在一顿顿餐食中记录着生活，本要讲给母亲的话也被必要的吃饭耽误着，直到她再也不用端起饭碗。女儿还在厨房里围着灶台忙碌着，传承母亲的希冀，也为了嗫嚅到一口乡愁。

菜场里的男人：采食材风土，寻时蔬谱系

传统菜市场无疑是一个城市古老的生活智慧的发源地，从祖辈沿袭而来的生活文化习而不察地隐伏于乡镇之中。从五谷不分的单身汉到菜市场旅行者，刘克襄经常被那里热闹的场景吸引而忘了买菜的真正目的。“以前走到哪儿，我也尝试当地美食。但食物再好吃，总是他人烹煮，心头有隔阂。如果走进菜市场，看到食材的原本模样，知道栽种的环境，似乎才有所安心，对地方生活风土更有较踏实的认识。”买菜、择菜、洗菜直至烹饪出美味的菜肴，这一系列复杂的程序，都为了那在口中须臾的停留。懒人享受被他人伺候的滋味，但刘克襄更加关心食材的来源出处：作为研究家，他将买来的菜先仔细端看，翻书查册，获得深层次的认知和想象；作为旅行者，他把

买菜当成必要的娱乐，不仅仅局限于家附近，而是像逛街那般各处采风游历；作为考古学者，他频频拜访市场的小摊贩，和他们畅谈农耕植菜的经验，并追究菜的出处、特质、栽种方法，甚至连贩卖者的住处以及农作物的生长环境也不放过；作为文化学者，经过多年的考察，他从一个菜市场窥视一座城市，从而勾勒出一个城镇的绿色地图。太多食品的出产过程，有待更多地分析以及提供一个可能的想象。看到喜欢的蔬果摆在眼前，有时如见翠玉珠宝，也常保持着一种探险的状态。从这一头顺瓜摸藤，回溯源头，看到它最初的环境。

正如进入传统菜市场，那里可谓动态的地方生活博物馆，刘克襄就是从特定地区的物产入手研究，或是循着老店弥漫出“不为外人道”的食物香味发觉淳朴的况味。在超市大卖场，经过打蜡包装，贴上条形码和价签的蔬果弥漫着浓重的商业气息，相比之下，传统集市上的蔬果周身裹着泥土，在小贩的肆意堆叠下流露出初涉世事的羞涩，它们接近天然有机，友善土地的精神亲近着市井百姓。大多数台中的熟稔者青睐的建国市场，刘克襄看来却不以为然。“它过分膨风，批发性格重，并未照应到旧市区的生活况味，反而凸显了台中新时代住民对老台中的漠视。”在他看来，旧市区中最具代表性的菜市场当属充满生活美学色彩的台中第五市场，麻雀虽小，五脏俱全，最核心的位置更是低矮旧屋鳞次栉比，台中各色美食高密度在此汇集，历经了半个世纪的岁月依然人潮涌动。

菜市场不仅是交易的场所，食物随生活形态在悄然之中发生着嬗变，提倡养生、乐活以及有机现代生活之道的都市人鲜有意识到它们背后隐藏的诸多问题，快节奏的生活也让他们难以抽出时间考究食物的品质和来源。刘克襄对于稻米、麦子、豆腐、鸡蛋、花生皆有自己的一套见解，在食品的类比之间见出其对于生活细节养成的影响："学习认识稻米的品种，道理好比喝茶一样。每款茶都有其自身的特性，冲泡的水温、时间的多少，甚至茶具也会影响茶汤表现。想也谬趣，品茗是风雅之事，衍生诸多讲究，反观白饭功在温饱，遂长久遭受冷落……就连以猪油拌饭、卤肉饭闻名的店家，白饭都未必上乘或悉心烹煮。"刘可襄一路比喻下来，替稻米道出了不公，同时也对稻米面临的生态危机表示隐忧。稻米是搭建农业社会的金字塔的基础，一斗米聚拢一个家，一碗香喷喷的米饭勾起味蕾的记忆，也正是这些最熟悉的食物常常带来挥之不去的情结和涌动的乡愁。

人与蔬菜的日常交往和人与人之间的沟通一样，对味的品鉴如同言谈之间的共鸣，然而也有不少的蔬果被人误解，或是随食材如雨后春笋般的变革、饮食观念、味蕾偏好的差异而淡出视线，偶尔在乡间的传统菜市场被发现，却有着出人意料的讶异和惊喜。刘克襄在食材中优中选优，为其正名，台湾土肉桂就经历了咸鱼翻身。肉桂在旅游报道中被误解，但事实上获得土肉桂大可不必砍伐树木，直接采收叶片萃取，可制作腌菜、肉罐头的香料。而乌脚绿却是被埋没的上品，作为绿竹笋的变种，它黝黑毛茸，卖相并不惹人怜爱，再加之产量稀少，久而久之便沦为农民点缀的作物。可是一旦被识货者遇到，定会被收入囊中，它的体积比绿竹笋庞大，笋肉肥美，无论凉拌、热炒、煮汤都相当实惠。初识乌脚绿，挑到过大或过小的都会有苦味留在舌尖，所以在买卖的邂逅中不盲从，多与小贩们促膝蹲坐讨教，才不至于和食材中的上品绝交。

不仅如此，刘克襄还在历史的钩沉中着重发觉水果的脾气秉性，这源于他对自然的诗化解说，山蕉的晚熟被他赋予“自负”的个性，遭受病虫害孤芳乏问的草山柑，在台湾地区栽种普遍的龙眼因多见于原住民的门前庭园，被称为“居家水果”。在刘克襄看来，水果也有自身的生存之道，土芭乐为了繁衍后代，让自己香气四溢方能吸引觅食者的到来，但为了保护自己，结出的果实又刻意在不同时间成熟，果肉常半熟半生，品尝者咬一口就会把它丢到地上，这时它便又有了孕育小苗的机会。性格决定命运，对于水果来说，又何尝不是呢？

在刘可襄望向菜市场的视线里，一位菜农推着满载新鲜采摘蔬果的平板手推车走到街心的空位，蹲坐在那里，静心等候着客人。这是他为与食物互动、体察风土脉动画出的市井百姓大生活的素写。

男人的菜市场有着理性的思索，厘清了鲜为人知的生活线头，还有着对食材明察秋毫、细致入微的感性描摹，可以说这是一条宝岛的生态脉络。菜市场的新鲜与盛放，前来的人们采撷的是温暖的色泽、团圆的味道，看着熙攘往来买菜的人群，聆听着喧嚣、此起彼伏的叫卖声，这场平凡生活的盛宴每天都在上演。

欲速不达的过去，风驰电掣的潮流

数字黄金：当科幻成为现实

二十世纪九十年代，科幻小说作家尼尔·史蒂芬森（Neal Stephenson）在其鸿篇巨制《加密宝典》（*Cryptonomicon*）中虚构了一个以数字黄金实现交易的地下世界，从“二战”时破译纳粹密码的“布莱切利公园”延续至东南亚的“信息天堂”，穿越时空的科技金融发展史在短短十余年间在现实中被续写，也许这也是作者未曾预想到的，这部被“赛博朋克（cyberpunk）”膜拜和向往的世界在如今得以实现。

这枚数字黄金——比特币（Bit Coin）的概念最初由中本聪（Satoshi Nakamoto）提出，他在学术圈里发布的“白皮书”标志了比特币的诞生。在比特币社区成员的共同参与下，其在2012年得以广泛流行，这种P2P形式的去中心化支付系统的数字货币受到世界范围内的热捧。

虚拟货币腾空出世

一切历史都是当代史，当大众还沉浸在乍现的科幻灵光中一部分先知已如梦初醒，《纽约时报》财经记者纳撒尼尔·波普尔（Nathaniel Popper）已为比特币撰写了属于它的传记，《数字黄金——比特币鲜为人知的故事》基于大量访谈和调研，以非虚构写作形式展现了金融与科技联手创造出的契机，当科幻成为现实，从未知的不可能融入日常生活。

作为全球性的货币，比特币和流通中的货币并无二致，人人皆可拥有可使用。如中本聪的设想，比特币在流通上的稀缺性堪比黄金，当初总共只创造出 2100 万枚而且很难仿造。它和黄金之间存在着诸多可比性，首先其价值由想购买的人确定；除此之外，它在储存上比黄金更加优越，世界范围内转账操作只需密钥，通过“公开密钥加密（public-key cryptography）”以及“散列现金（Hashcash）”双重保险，无须随身携带，而且冲破了国界，免除了运输带来的诸多弊端，在安全性上有了保障，以不可破解的数学公式代替荷枪实弹的警卫。在中本聪的体系中，所有与比特币有关的交易都只能通由网络进行，所有记录存放在一个叫作“区块链（blockchain）”的数据库中；

最重要的是，它和黄金一样，也需要“挖矿”才能取得，通过“挖矿者”计算出最优散列值从而得到奖励报酬。

比特币近几年来的发展速度可谓一日千里，从几美分一文不值到身价翻涨至8000余美元，其拥趸者从2009年初的屈指可数，发展到现在的上千万用户，鉴于如此快的增长速度，有业内人士预测，五年后比特币的用户将会猛增至两个亿，不仅如此，越来越多的机构也开始接受比特币。

网中之网：电子货币的危急时刻

比特币究竟有何种优势能在短时间内吸引到多方关注？正如发明者中本聪最初的设想，通过网络科技创造一种在世界范围内自由流通，去中心化的货币，促使他这一想法的正是美国次贷危机引发世界金融海啸肆虐，自由、无政府、个人主义催生出了比特币的诞生，于是这种集匿名性、排他性、去中心化、无国界、免监管、抗通胀于一身的虚拟货币弥补了现实的缺陷，在这个过程中，以有“比特币耶稣”之称的罗杰·维尔作为推手，加之硅谷创业家文塞斯的鼓动，比特币身价一路飙升。在比特币成长的过程中，MT. GOX作为比特币与现实之间的纽带成全了兑换业务，然而在运转中也暴露了用户隐私泄露和订单滞后等弊端；丝绸之路曾一度推动了比特币，随着它因非法经营被关停，这条“丝绸之路”走到了尽头，但是从另一个侧面看来，在比特币运转初期它也起到了推波助澜的作用。

如此看来，表面看来不需第三方干涉交易，但支付平台是必不可少的，再坚不可摧的比特币也抵不住黑客的攻击，脱离了政府及各机构的监管，也给了非法分子可乘之机。事实上，比特币从精英融入大众的过程中，远比波普尔所写曲折跌宕得多。如同大多数新兴产物，有风生水起之时，也有起伏跌宕甚至不尽如人意之处。面对着不可预知的风险，少数人跃跃欲试迎难而上做吃螃蟹的人，有人一夜暴富，也有人身陷囹圄。大部分人对比特币一知半解，抑或在质疑声中翘首观望其未来的发展及走向。

无论如何，比特币无疑是当前最成功的虚拟货币，金融危机过后，大众从动荡之中觉醒，在理性分析的指导下渴望寻求一个避风港，而比特币的出现仅仅是一个契机，紧随其后的是莱特币（Litecoin）、以太坊（Ethereum）、EOS 等数字货币的涌现，这些都因应对数字经济的挑战应运而生。人工智能时代，货币与金融的概念不再止步于传统的交易和投资，大数据的应用正在影响和改变着行业的竞争和投资人的选择，因此不懂“计算”就会被人算计，这绝不再是危言耸听。

匠人时代：手艺在机械化时代的复归

备受瞩目的围棋人机大战即日拉开帷幕，谷歌围棋程序“阿尔法（AlphaGo）”完胜拥有十四个世界冠军头衔的韩国名将李世石九段。中国人几千年前发明的围棋就这样轻而易举地被人工智能攻破。事实上，人与机器的“对弈”由来已久，自十八世纪工业革命以来，机器以长期从事相同劳动且不知疲倦的绝大优势取代了人工手作，匠人意识遭到机器的威胁。

狄德罗的《百科全书》记录了十九世纪人类对机器的恐惧，匠人与机器从此开启了旷日持久的斗争。和机器制造的完美无瑕相比，匠人的手工制作产品形状不一，大小不等，劣势显而易见。然而，对于机器的厌恶与反感并不只是局限在工人阶级，英国作家约翰·罗斯金就在其作品中对机器文明大加讽刺，海德格尔则以隐居抵抗喧嚣的现代机械世界。

明明一模一样的盒子，为什么沃霍尔的是艺术品，商场里的就只是肥皂盒？波普艺术正是在作品中大量使用废弃物、商品招贴电影广告、图片拼贴组合而成，而它们中的大多数因挪用了无名设计师的成就而名声大噪，沃霍尔的其他作品，如《二十五个彩色的玛丽莲·梦露》和《二百五十一个可口可乐瓶子》亦是如此。难道先锋艺术就是这样以变相剽窃、复制组合以赢得画廊、美术馆、拍卖展上的一席之地，在经纪人、艺术评论人和收藏家的称赞与肯定中取得作为“艺术品”的合法地位吗？

拼贴复制艺术遭遇质疑

从小便池到肥皂盒，是不是艺术品都得由艺术界说了算？自从二十世纪五十年代起，波普艺术（Pop Art）、达达主义（Dadaism）、极少主义（Minimalism）、抽象艺术（Abstract Art）等众多西方先锋派艺术如雨后春笋般悄然兴起。1964 年，波普艺术的倡导者安迪·沃霍尔（Andy Warhol）于纽约曼哈顿东大街 74 号个人展上展出《布里洛的盒子》（*Brillo Box*），那些木质盒子上画的样子和装肥皂块的盒子一模一样，其外形完全复制印有“Brillo”商标的肥皂包装盒子，它们或单独或堆积放置，看上去和从加工厂运到出售商店的包装盒并无差异。

历史的无序、宣言的标识、市场和消费的叫嚣，在先锋派艺术以名求实的论战中，艺术家们在风格借用中表达他们所谓的自由艺术，艺术评论家则在公众视线中对艺术品展开猛烈的批判，而本就缺乏艺术史背景和辨识能力的大众在欣赏先锋派艺术时常常一头雾水，被迫在精英主义和市场消费的圈套中游走。当代先锋派艺术呈现出众多光怪陆离的艺术形式，装饰、自我表现和娱乐依然维持着人们的需求。艺术品在机械的复制下挥发掉了“灵光”，在沃霍尔看来，复制拼贴，所有作品的同一性正符合美国流行文化大规模消费的趋势。

“这个国家的伟大之处在于，在美国开始了一个传统，在那里最有钱的人与最穷的人享受着基本相同的东西。你可以看电视喝可口可乐，你知道总统也喝可口可乐，丽斯·泰勒喝可乐，你想你也可以喝可乐。可乐就是可乐，没有更好更贵的可乐，你喝的与街角的叫花子喝的一样，所有的可口可乐都一样好。”艺术不再是曲高和寡、高山仰止，而是以亲近大众的姿态走进每个人的日常生活。沃霍尔利用绘画、印刷、摄影在内的各种媒介尝试复制的创作。1962 年，沃霍尔以 32 幅坎贝尔汤罐画作举办了自己的首个波普艺术展，也就是这幅简洁带点商业意味的作品成就了他在当代艺术界的地位，与此相类似的还有可口可乐瓶子、美元钞票、蒙娜丽莎像以及玛丽莲·梦露像等，这种单调重复传达出的正是当代人空虚冷漠的普遍情绪。即便是顶着照搬照抄的骂名，沃霍尔的作品依然以惊人的高价成交，在拍卖界炙手可热的程度甚至超过了毕加索。

当安迪·沃霍尔复制的金宝罐头汤罐、玛丽莲·梦露像等作品被划为艺术品时，大多数人嗤之以鼻：这样的作品也有资格被叫作艺术吗？然而这背后却隐藏着沃霍尔的伤痛：如此整齐划一的复制即是自我繁殖的隐喻，嘲讽被规训和秩序抹杀下的同质化个体，充斥着对个性孤立的强烈抗议以及一种重塑自我的呐喊，同时也预示着人类对科技设备和装置的过度沉迷。

回归手艺人的本分

从启蒙时代到今天，人类与机器的关系从抵抗斗争走向合作，人类开始从人的角度理解机器，借助机器与人在能力上的对比去认识自身。身处机器领衔的时代，理查德·桑内特（Richard Sennett）在《匠人》中反思随着工业社会到来而逐渐消失的匠艺活动，从西方不同历史阶段来看，实践活动都在不同程度遭到贬低，工人社会地位日益卑微；柏拉图以降，技术性的才能被认定是缺乏想象力的，在宗教哲学上也是如此，可感知的现实均是靠不住的，这都源于西方文明向来都认为的大脑比双手更高级的理论。

因此，为了跳脱重复性工作的枯燥与煎熬，机器进驻工坊，大大提升了工作效率。但由于人类的猎奇和求知本性使然，机械化技术逐渐步入先进的同时，也在威胁着人类，甚至导致人类一步步走向自我毁灭。在开篇《作为自身制造者的人类》一文中，桑内特就指出“制造事物的人往往并不理解他们正在做什么”，古希腊的潘多拉神话就预示着以人造事物为基础的文化难免自食其果。

任何能长久专注于自身工作的深入并精通的人，都可以称为匠人。在桑内特看来，匠人不只局限于手工艺者，实验室技术员、指挥家、程序员、艺术家、医生、厨师都可以列入匠人之列，当他们达到较高境界以后，技术不再是一种机械性的活动，熟练掌握技能的人会更完整地感受，更深入地思考他们正在做的事，包括在这个过程中收集的线索、动作以及每一个灵光乍现，这些隐性知识只能意会无法言传，类似于禅宗那般的领悟并代代相传，这也是象征创造文明的匠神赫菲斯托斯所传递的。

卡尔·马克思就曾把自己当成世俗的赫菲斯托斯，将匠艺定义为“赋予形式的活动”，自我和社会关系在制造物品的过程中得到发展，制造物品能让“个人全面发展”，也就是说，任何手艺造成的谬误、缺陷甚至变异，都可以看作每一个匠人在物化的过程中留下看似是“自我指涉”般的个人烙印，经过世代相传最终成为传统。比如，制造者刻在金属、木头、黏土上的印记，或是将某些人性的东西灌注给没有生命的物品。

在现代社会，日常语境中的“机械”意味着单调的重复。智能时代，机器剥夺了人们从重复中得到进步的机会，割裂人们在重复性操作过程中对制造的内在理解，缺少了循环动作的累积，技艺的提高更无从谈起，无论是向外寻求大众认可的匠人，还是向内叩问自己心声的艺术家；无论是匠人不带个人色彩的、集体的、持续的实践，还是专属个人特征的原创性作品，机械复制打破了时间性的叙事式，损毁了作品的原真性，导致灵光消逝，现在技术的滥觞正在于大脑与双手分离。回望温情的手工时代，如何在利用技术的同时还能像匠人那样思考，将经验内化于心，将信息和实践转化为隐性知识？

人机对弈仅仅是后人类时代的一个开端，如今的现代人不是缺乏整合数据、聚合信息的能力，而是缺少一种专注的精神，既不愿意服从传统工坊中个人化的权威，也不甘心服从更古老的、颇具宗教意味的权威性，加之沿袭的法则、体制的束缚，手艺人面临着诸多困扰，若能把握沉淀浮躁、去功利化的心态，便可以秉承为了把事情做好而把事情做好的欲望和冲动，实现手艺在机械化时代的复归。成为一个匠人，不管外界何种风起云涌，唯有精耕细作方得以解忧。

语言垃圾：发泄出来的文化史

语言发展的历史有多漫长，脏话就几乎与它如影随形了多久。可惜的是，在象牙塔里，对于语言的学术研究大多“正襟危坐”，诙谐风趣在字里行间被消磨殆尽，那些对于荒腔走板的推敲也就逐渐淡出了正统研究者的视线。然而，在大众那里，富于时代性的语言在不断延展的过程中衍生出体量相当之大的信息群，被处于不同地域及文化层次的人再加工，成为他们吞吐于日常生活的惯用语并从而形成体系，当然，这些散布于民间的俚语也鲜少有人去挖掘其意义及产生的背景。

这条无人之径终究会有探索者涉足，澳大利亚语言学家露丝·韦津利（Ruth Wajnryb）曾辗转多地捡拾被人忽视的“语言垃圾”，在《脏话文化史》中，她以专业化分析解释语言中一度被人称为糟粕词句的起源、演变以及文化差异。韦津利打破了大多数语言学家不敢触及的禁忌，小心试探，大胆求证：“每当遇上新辞典，我首先直接翻到 F 字部，看看辞典怎么说。如果书上的定义不令人满意，不符合我对这个字在现实生活中各种行动脉络里实际用法的了解，我就会放下那本辞典，另寻其他。”

在脏话研究这个看似有些生僻的领域，韦津利并非第一个吃螃蟹的人，学术上的偏见，相关资料的短缺，沟通中陷入的僵局……所有这一切障碍都没有阻挡先锋姿态的语言学家们对这个问题的研究。原因很简单，不能因为它的粗鄙丑陋，就将其排除在语言之外，作为出口成章的边角料，“出口成脏”同样举足轻重。

语言可否亵玩焉

脏话是有序语言中的些许无伤大雅的点缀，“无伤大雅”在此之意并非从语言的文明度上出发，而是在语义理解层面上，它的加入没有干扰到双方领会彼此的意思，反而在字眼上强化了情绪的表达。大多数人将语言文明与公共卫生的清洁相提并论，这种传统偏见迫使他们将污秽的词语等同于清除的死角，语言污秽就意味着公共道德败坏，教育程度与社会程度的低下。事实上，文化的独特性赋予了语言的多元化，其中的权力分配让有些人还未出口便败下阵来，也就是“语言势利眼”惯常认为的“人以群分”，背景与地位决定着语言的养成，在他们看来，这些出口屎尿屁之流的人不仅亵渎了语言，还在无意间流露出了他们本身词汇的匮乏。

历史上历来就有“骂战”的传统，从古代盎格鲁-撒克逊社会一直延续到十五世纪的英格兰。时至今日，这种带有强烈责骂或争吵的对骂竞赛仍然活跃于美国黑人社群。哪一方在用词上技高一筹就占了上风，这场看似“脱口秀”的现场演出，与其说是围观一场骂架，不如说是见识双方语言看家本事的比拼。从个人仇恨到街头表演，从吃瓜群众到娱乐大众，旁门左道炮制出其不意的文辞，侵略性的恶语相向，用字词进行人身攻击或者触犯了禁忌，脱口而出的暴力反而避免了一场肢体冲突。可以说在某种程度上，污秽的语言可以涤除内心的污垢，露出人类本质的呐喊，它可以舒压解愁如同一种生理释放。

引来口舌之争的缘起众说纷纭，如此低下的情绪管理能力，显然缺乏自制力，不经大脑的非理智冲动被谴责为“社会病顽疾”的显性表现，他们或受到流行文化譬如娱乐节目、街道涂鸦哗众取宠的熏染而效仿装酷，或是叛逆的外在张力故作强硬，以强词掩护内心的懦弱，抑或仅仅是司空见惯与社交相关联的一种调侃的共鸣，并没有恶意攻击的意思，毫无贬义也无冒犯之意，是一种相处自在随意的状态。条条大路通罗马，咒骂本身具有毁灭性，摧毁了语言的清洁度，然而从另外一个角度看，它也在一定程度上为语言开辟出了新的景观。

为了避免肮脏字眼，有人将反讽、双关等文字游戏微妙地融入了其中，“骂人不带脏字”在古今中外亦有尽人皆知的经典，《论语》中有“朽木不可雕也，粪土之不可污也”；《庄子》里有“井蛙不可语于海，夏虫不可语冰”；《小窗幽记》中有言“人不通古今，襟裾马牛；士不晓廉耻，衣冠狗彘”。鲁迅向来被奉为“骂人专家”，怼天怼地的架势无人能敌，他在《“意表之外”》中有言，“我的杂感常不免于骂”。其“骂人”八大技巧：正对要害，一击致命；不留情面，常取类型；以子之矛，攻子之盾；旁敲侧击，以退为进；预设埋伏，小题大做；嬉笑怒骂，冷嘲热讽；品题贴切，形象生动；揭穿假面，现其原形。莎士比亚在《温莎的风流娘儿们》里有句对白：“一句话，别再缠着我了，我又不是你的绞刑架，老吊在我身边干什么？”马克·吐温也不是等闲之辈，他说：“亚当是全世界最幸运的男人——因为他没有岳母。”在文人墨客那里，骂人不再被认为是文明的蛀虫，而是扭转尴尬局面的拐点，这也一扫根深蒂固的成见。

在如今的社交之中，咒骂又有了新的意味，开黄腔拉拢关系，拿人开涮、掺杂搞笑的成分不同于以往因恼怒而发威，反过来，所谓“近朱者赤，近墨者黑”，咒骂养成的无事生非的习惯也来自社群的习气，疏解压力或是表示强烈不同的观点，他们的逆反心理即是针对社群约定俗成的禁忌，这些避讳也为咒骂提供了词语依据。

谁拥有了脏话权

咒骂的存在使人类认识到，并非所有人都能恰如其分地和谐共处。骂人的言辞不仅出于边缘分子、犯罪分子、酗酒者或都市浪人，还有时发生在都市白领、知识分子之间。与此同时，脏话的使用者男女皆有，他们不仅在表达上各有差异，而且在性格上也很不同。然而在他人的刻板印象里，女性咒骂更容易受到公众的斥责。

显而易见的是，男性比女性在脏话上具备更多话语权。《英语的脏话》的作者托尼·麦克内里（Tony McEnery）说："到十七世纪末，女性从具有威力的物种，沦为听任指使的纯洁天使——这与语言干净开始作为'女德'的新标准不无关系。"十八世纪男女语言风俗就有了"男子要有力，女子要贞洁"的说法，女性在言辞上注重委婉，躲避重口味，即便在今天，女性说脏话引来的议论也要远远多于男性。英皇查尔斯二世的御用牧师理查德·阿莱斯特里（Richard Allestree）出版的《仕女之思》曾写道，妇女频繁使用脏话便会导致性别上的变异，“神形俱化”，最终导致“姿态若男子”，性别一方面是显性的，与生俱来的；另一方面是隐形的，后天习得的，甚至不为人所知的。通过外化的语言塑造人格，脏话俨然成了女性跨越性别鸿沟，追求“平权”的工具。

在当代，骂人不再是男性的特权，女性在家庭、工作的压力之下口无遮拦者大有人在，屡见不鲜。打破以貌取人的判断，越来越多的女性进入属于男性的领域，骂脏话也成为她们快速提升信任，尽快融入他们之间的一招。男女双方在骂人习惯上各有偏重，但在字词的选择上却殊途同归，大多数语义围绕着性、社会、家庭，暗含生理缺陷、肆意挑逗的性关系、社交缺陷等异于常人的个性展开。比如，巫婆、母夜叉、泼妇、男人婆、小羊羔、母狗、母牛、骚货、荡妇……鲁迅在《论他妈的》里挑明了骂词的来历：“无论是谁，只要在中国过活，便总得常听到‘他妈的’或与其相类似的口头禅。我想：这话的分布，大概就跟着中国人足迹之所至吧；使用的遍数，怕也未必比客气的‘您好呀’会更少。假使依国人所说，牡丹是中国的‘国花’，那么，这就可以算是中国的‘国骂’了。”

这些词常见于男性对女性的侮辱和贬低之中，推敲这些带有攻击弱点的敏感词语，无疑可以看出，女性在他们的咒骂之中被妖魔化、动物化，甚至变态化……从古希腊时期便有了一系列的隐喻，鸟身女妖哈比（harpy）凶残且贪婪，塞壬（Siren）是人头鸟身的怪物，以美妙的歌喉引来水手，航船触礁沉没。烧兔子的人（bunny burner）则被用来形容精神恍惚，有跟踪男人癖好的女人。与生俱来的厌女心理迫使男性从被女性的左右中解放出来，而在情感上又难以释怀。遭遇负面情绪时，女性可以放纵泪奔，男儿有泪不轻弹。于是很多男性的情绪依赖咒骂来发泄，比如公路上的发飙咒骂抑制暴力倾向，让暴躁的情绪得以发泄，进而避免进一步的肢体冲突。性别、权力、咒骂三者之间，开启咒骂模式的一方往往掌控住了话语的主导权。

因社会阶级而有所不同，即便身处同一文化背景中也有着个体差异，因一个词、一句话而对一个人下定义的时代已经过去，如今，更多的女性追求独立自主的个性，偶尔一两句戏谑抹杀了她们曾经脆弱时的泪水，却不曾改变她们想在社会上与男性比肩的信念。

少即是多：留白设计，简约生活

历史总是惊人的相似，理念也在轮回之中反复更迭。二十世纪三十年代，现代主义建筑大师路德维希·密斯·凡德罗（Ludwig Mies Van der Rohe）提出“少即是多（Less is more）”的设计理念，以简约精练代替繁复奢华。这种极简的态度影响波及全球，改变的不仅是艺术与产品设计，还有更深层次的生活方式和城市规划。

身为社会学者的三浦展将持续三十余年间对日本消费生活方式和社会发展趋势的观察融入自创的关键词中，借助对这些新的现象和新名词的整理和梳理，去洞悉消费领域的迭代升级，发现消费行为影响下生活方式的变化。

物欲扩张之下理性回归

年轻人的态度往往被视为社会变迁的风向标，三浦展在《下流社会》中记录了日本年轻人普遍存在的低欲望和随波逐流的向下情绪，《极简主义者的崛起》似乎可以看作一种外化，也就是基于如此的社会状态，年轻人生活立场的行为表现。当物质不再让你感到满足，所谓的美好生活是否渐行渐远？相反，不断“买买买”翻新生活的模式以及传统对富有的定势思维也并没有使生活的幸福感倍增，久而久之，聚敛癖式的囤积反倒成了生活的负累，而由恋物所引发的嫉妒、攀比心理亦是屡见不鲜。

这样来看，依靠物质扩张满足自我的理念迟早会成为历史。“拥有不太多的物品，在房间里只摆放喜欢的物品，而且尽可能地使用天然物品”，三浦展对于极简主义者（minimalist）的定位正符合日本第四消费时代的特质，它的来临正在悄然改变着生活的点滴。

第四消费时代提倡“共享”，当下“共享单车”“拼车服务”风靡大街小巷，自行车的回归提高了出行效率，也为城市交通减压不少。理性消费理论之下人们逐步回归简约，占有欲的消解让 DIY 风格、一物多用、捡漏等一众务实的日用之道开启了全新的生活参与感，新消费群体的诞生也迎来产品设计和城市规划的拐点。从断舍离、资源共享再到消费降级、旧物传承，极简主义者分流出冗余，留下的是个体生活细节的精华，火遍网络的“ins”风格可以诠释极简主义在家居设计上的理念。

“ins”原本是instagram的代称，这种类似照片墙的图片分享社交应用逐渐演变为一种设计风格，北欧冷淡、日系静寂、美式乡村、清新田园……虽然风格迥异，但万变不离其宗的是“简约”二字，房间墙壁大面积留白，或是几何图案、流线型设计贯穿其间，配以绿植、抽象画、蜡烛香薰、玻璃制品、铁艺收纳等营造一种“轻生活”的氛围。三浦展引用“Rethink”一词，将其意延伸为“改变视角、转为他用”，以解释烧杯变花瓶、集装箱变办公室等一系列物品转换、变废为宝的环保行为。

轻生活：化繁为简

正如“轻心”引导了“轻居”，不少有“ins”风格的餐厅也打起了“轻食”的招牌，主营制作简单的蔬果餐。高颜值的搭配、低卡路里且营养丰富，赢得味觉和视觉的双重享受的同时，也为“轻体”提供了健康的食谱。事实上，所有的“轻”都意味着低耗高效，早在几十年前欧美国家就在住宅设计上试水建造生态家园。个人生活上也趋于化繁为简，每天穿同款衣服，浪费在搭配上的时间省出来做更重要的决策，免去不少忧虑和选择。

苹果创始人乔布斯总穿着三宅一生设计的黑色高领毛衣和破旧的牛仔裤，日本作家向田邦子迈入中年后钟爱样式随意的同款服饰。穿着打扮固然彰显着个人的品位和审美，一旦坚持住专属个人的穿着法则，无疑也形成了他人对自我风格的认知。因此，无论时尚如何循环，延续至今的经典穿搭永远不会出错。

日本极简主义在吃穿住行上崇尚的简约风，可以追溯到东洋美学的“侘寂（wabi sabi）”，意为在枯萎、即将逝去的存在中寻求重生之美，在花道、茶道、陶瓷器皿中都有所体现，静谧朴素又宁静。作家谷崎润一郎在《阴翳礼赞》中写道：“日本的漆器之美，只有在这朦胧的微光里才能发挥到极致。草鞋屋的客间是小巧的‘四叠半’茶室，壁龛的柱子和天棚等设施都泛着黑黝黝的光亮，使用电气座灯也还是感到黯淡。”

“如今再换成更黯淡的烛台，烛火摇曳，灯影里的饭盘、饭碗，一眼瞅去，蓦然发现这些涂漆的餐具变得幽深、厚重起来，具有先前无可比拟的魅力。”日本佛教与禅宗的忠实信徒乔布斯设计的苹果、生活方式店无印良品 MUJI 以及山本耀司反时尚的设计都让世人感受到了极简的魅力。日本常被视为反观中国的镜子，环顾周遭年轻人的生活，极简风已经登陆。

单车回归：从实用到摩登

时尚是一个轮回，服饰家居、生活方式总会在某一时间点经历逆向的前进，出行方式自然也不例外。比步行速度快，比汽车更加游刃有余，构造简单、价格实惠、绿色环保……自行车因其特有的优势打败了诸多出行工具，成为大众的钟爱。单车出行较大的延展性让路途也随之而延伸，对于上班族来说，自行车随心所欲，少了起步停车的时间成本；对于旅行者而言，自行车滑过的轨迹就是一座城市最吸引人的路线图，如海明威所言，“骑车才能体会一个国家的精华”，与自然亲密接触感知不一样的风光，洞察行人贯穿于间的活力。然而，共享单车的流行在带来便利的同时，也迎来了不少疑虑。自行车的轨迹在经过了若干个“拐点”后，如何才能实现真正的回归？

独立、自由、大众：时尚的自行车理念

曾几何时，自行车对于一个上班族来说有多重要？电影

《偷自行车的人》中的里奇不会想到，时隔几十年后街上会随处可见自行车，现在的情形对于当时的人来说可谓天方夜谭，这样的贵重之物会唾手可得，谁还会绞尽脑汁去偷一辆自行车呢，自己的座驾被贼偷又无处可寻，无奈之下里奇偷车反被抓。像这样的情节在电影《东京快递》和《十七岁的单车》中也有如出一辙的表现。

自行车，这件看似平凡之物却折射出人类社会发展的变迁。法国经济学家弗雷德里克·赫兰（Frédéric Héran）在《自行车的回归：1817—2050》中不仅梳理了早期自行车的进化史，还为其未来的发展和契机勾勒出一幅蓝图。从世界第一辆自行车诞生之日起的两百年间，人类始终没有停下对自行车改良的脚步，两轮木马、铁质大小轮、飞轮变速、三轮双座……当贵族正为骑马带来的诸多困扰厌烦时，一匹“机械马”省去了高额的畜养成本。

不仅如此，自行车还给普通人的生活带来了更多自由。此前，女性穿着烦琐的裙装无法驾驭自行车，为了加入骑行行列，她们摒弃了沉重的服饰和深居简出的生活，自行车为女性的独自行程规划了来去自如的路线，拓宽了她们的社交圈，如同自由旋转的车轮实现了个体的独立。

没落、对抗、挤占：无路可走的骑行者

一时间自行车的使用率迅速攀升，但随后汽车占据了城市，这让自行车日渐式微，遭遇寒冬。政府出于城市规划的考虑，建起贯通八方的城市交通网，却没有给自行车留下一席之地，甚至出现了自行车和行人挤在同一车道的尴尬。汽车堂而皇之在公路大行其道，而几乎所有其他出行方式都被挤到了背街小巷，骑行者似乎被城市所遗忘、冷落。

然而，即使如此境况也没有让骑行者们望而却步，有些人开始铤而走险，在公路与汽车展开了较量，不惜上演生死时速。日益增多的汽车挤占着有限的空间，威胁着人身安全，眼见没有缓和的余地，很多人开始放弃骑车和步行转而加入了汽车的行列。能源危机、交通状态的恶化、噪声和污染、私家车的暴增等问题让更多骑行的人放弃了斗争，自行车逐渐走向没落。

随着反消费浪潮的流行，轻轨、地铁、巴士等公交的复兴让公路上一筹莫展的拥堵稍有了喘息的空间，这也迎来了自行车的反弹式回归。早在二十世纪六十年代，阿姆斯特丹的“白色自行车计划”就有了共享单车的雏形，但由于疏于管理，分发给行人的自行车很快就无影无踪。

经济、健康、环保：共享单车的兴盛和前景

新的契机带来新的问题。共享单车实现了资源的优化配置达到了帕累托最优（Pareto Optimality），也重新定义了自行车在大众心目中的骑行概念。高架道、夜光车道的实现在降低了能源消耗的同时，也带来感官上的审美享受。曾经，自行车是穷人的座驾，而今其形象一改往常，成了复古潮人的宠儿。

二十世纪，中国骑行人数甚多，堪称“自行车王国”，经历了沉寂和蜕变，共享单车的到来使得“自行车王国”再现昔日盛景，而今又融入了高科技元素，APP 的链接让自行车趋于智能化。出于怀旧情结，或是为了健康运动，钟爱共享单车的人日益增多，但也面临着亟待解决的问题：乱停乱放现象严重，共享单车企业之间的面临野蛮竞争，投放趋于饱和，等等，因此共享理念的实施还需在未来得以优化和完善。

行得自如，走得更远，是大多数骑行人的理想。一方面，首当其冲的是自行车道网络的建设和完善，包括路面和照明设施、途中自助服务站等一系列实用的配套服务，真正站在骑行者的角度着想。另一方面，各种奇思妙想的车型从零件到整体的翻新，它们在舒适度、安全系数的升级既激发了创意，也丰

富了使用者的多元化选择。重中之重的是理念上的革新，提倡慢速交通，放缓整个城市的节奏，才能让漫步者更便利地体会城市的理想维度，回归脚踏实地的感觉。

猫居的疑虑与隐忧

房子自白：家的建构与演化

“在所有的历史中，人类生活的历史是最有趣的，这种历史可以让时光倒流，让死者复活。”英国历史学家、BBC 电视节目主持人露西·沃斯利（Lucy Worsley）在《如果房子会说话》中以一种在场式的体验去感受西方人在不同时期的家居生活，从而再现了人类行为与社会文化的轨迹。

自从有了“家”这个概念以来，人类便想方设法竭尽全力打造一个宽敞自由、随心所欲的多功能居住机器。法语的家具（mobilier）一词就蕴含着可移动的意味，从中世纪家具取之于自然，到维多利亚时期的博物乐园，再到当代人摆脱各种负累、运用自然元素的回收与改造构建简约、低碳之家的构想，对于家的理念也在淘汰与翻新中不断地进化。

贵族卧室：隐秘的微型博物馆

无论在哪一时期，居室主人的欲望和品位引领着家的格局和走势，更美好的生活总在前面，历史会为家的营造勾画出它应有的模样。中世纪时期，对隐私的概念并不像现在这样普及，大多数人缺乏“私人生活”空间设置，所谓的床都是以布袋装着稻草铺成，卧室可谓名副其实的窝棚。即便到了中世纪的尾声，人们的居所依然十分简陋，还是以木箱搭成的“托板床（pallet bed）”为主，也就是这种简单的木板床经历了数百年而不衰。直到都铎王朝时期，四柱床才在一些贵族家庭中出现，羊毛帘在起到保暖作用的同时，也起到保护隐私的作用。

不仅如此，贵族常在卧室旁开辟一间小型密室，在这个绝对私人的空间里，除了从事祈祷、沉思等宗教化的仪式，还藏有艺术珍品、乐器以及微型画。但即使在卧室开辟了如此私密的空间，彼时的人们在就寝上依旧保持着开放的习惯。而且从中世纪一直延续到十七世纪，多人共享一张床的现象还是屡见不鲜，到了十九世纪，卧室才变得独立而隐秘，尤其在乔治王朝时期，卧室还充当一定的社交场所，直到维多利亚时代，男女有别和隐私的焦虑才促使卧室的独立性得以形成。这样来看，自都铎王朝以降，卧室的多功能开始显现出来，对于它的定义不只局限于睡觉的场所，一切私密的个人化行为都在此展开。

然而，如今比卧室更私密的浴室，在中世纪人看来却匪夷所思。宗教净化成为当时崇尚艺术美、对生活颇为考究的中世纪贵族阶层洗浴的一种重要仪式，大多数人则将公共浴室作为社交场所，人数众多且无男女分隔，他们除了清洁身体，还在一起畅谈、饮酒，不亦乐乎。到了十六世纪，浴室已经沦陷为妓院的代名词。判断一个城市文明与否，只要看坐落于其中的图书馆、菜市场、公共厕所即可。

家作为城市的微缩景观，浴室与厕所即成为验证其文明程度的参照。在乔治王朝时期，浴室终于在家中占有了一席之地，但还并非一个独立的房间，而仅仅是卧室的一隅，可见整个社会对个人的沐浴与清洁还不够重视。直到十九世纪中后期，浴室风格因罗马接管技术的引入装修成“罗马式”的，随后热水器的入驻、独立淋浴间的开辟以及艺术化的装饰才逐渐从美国传到欧洲，从维多利亚时代庞贝式的华丽炫目转化为20世纪90年代将功能与美学相融合的斯巴达式的简约风。

差不多在此时，冲水马桶才成为各家各户的标配，这些坚固耐用的“布里斯托马桶”“利物浦马桶”“雷丁马桶”可谓是现代马桶的“鼻祖”品牌。纵观浴室短暂的发展史，除了蛮荒简陋，其他一无是处，当臭气熏天散去后，似乎面临着乏善可陈的窘境，可以改进的余地少之又少了。Toilet、Washroom、

Water Closet……直到现在，从这些对厕所的称谓上来看，浴室与厕所都难以摆脱诸如“此地不宜久留”这样的口碑。

尴尬的是，家中不只是浴室这样一个无处安放的必备空间。中世纪，做饭的火堆居于整个房间的核心位置，随着社会等级制度的划分，贵族阶层越发看重生活的质量，浑身烟火气的仆人、厨师就被清退到了地下室或是远离家之外的其他地方。因此，正如罗伯特·布里格斯在《乡间宅第之要素》中所说的，“房子里最重要的地点就在厨房和毗邻的食品室，其他房间的配置都得以此考量”。步入20世纪，厨房才在家中逐渐得以回归。食物的味道才是家的味道，开放式的厨房更是打破与餐厅、洗碗间之间的壁垒，创造出烹饪与就餐的社交场所。也正是在此时，抽油烟机应运而生，与冲水马桶在去渍排污上肩负起了同样的责任。

与私人空间的凌乱污浊相比，作为一个家的门面，客厅的装潢布置彰显着家中主人的品位，贵族设置专门的会客厅，之后依据主人需求还出现了一些诸如吸烟室、沙龙、阅读角等客厅的衍生室以满足个人娱乐休闲的需求。在装饰风格上，追求异域情调渗透到了社会的每个阶层，维多利亚时代的艳俗习气，一直到20世纪现代主义运动极简主义之风袭来才得以矫正。王尔德就曾以“屋舍之美”这一主题展开演讲，主张告别机器制造的浮华，回归到极简之美。

“盒子”的折叠和延伸：当代家居的 *N* 种可能性

为了能实现最宜居极简空间，日本设计师青山周平着重观察人的行为在空间之中所产生的效应，猫的举动吸引了他的注意，点亮了他的灵感之光。猫对于空间的温度和光照角度颇为敏感，并依照周遭环境的变化而找到舒适的角落。因此他将这种独特的建筑仿生学用于居室设计上，自然的变化也暗含着人的作息与生活中的某种规律。

捕捉细节之美，倡导自然而然，在留白与想象的微妙关系中还原事物的本源，传统美学观“幽玄、物哀、侘寂、意气”几乎渗透到设计的各个方面。事实上，“少即是多”的设计理念在二十世纪经由现代主义建筑大师路德维希·密斯·凡德罗提出，这个理念一经提出便风靡全球，随之而来的是“断舍离”以及极简主义生活的盛行，轻食、共享、DIY 等让年轻人的生活有了更多的选择模式，这也是青山始终在追求的生活模式，从“私享”到“共享”，延伸个人居住空间之外的生活圈，打通空间的隔断也就是消解人与人之间沟通的阻碍与隔阂，还原建筑为人的初衷。

青山正着手于他对于理想城市的建构，在切身感受过北上广房价的暴涨之后，他觉得是时候推出这一即将改变城市生活的建筑模式了，青山将这个计划命名为“400 盒子的城市社区”，这项由原研哉发起的 HOUSE VISION 项目，提出了“未来居住新常识”的理念，并倡导设计师联合企业携手共建理想居所。在青山看来，有的人即便拥有了一间属于自己的屋子，也会被孤单包围，冷冰冰的房子不能给他们带来家的温暖。房子的大小并不直接决定生活质量的高低，如何在有限的空间里制造出温馨的气氛，像生活在胡同里的街坊们那样，拉近人与人之间的交往是他的命题核心所在。

独立的个性、城市化的推进，使得越来越多的独居者涌现出来，社会关系的嬗变与解体也让空间有了重新规划的可能，书柜、衣柜、床等日用家具都将会附带轮子，根据个人需求而自由组合和移动，而它们在置物和收纳的功能之外，还有一个屏风的功能，既保护了私密性，又实现书籍等娱乐设施的共享性，最终在几平方米的空间内满足生活的多元化需求，从而实现真正的私人定制。

日本设计师青山周平做到的只是将单个的“盒子”完工，居住者按需分配，安排房间布局，好像组装积木块，青山将这一想法缩小化，他的家具设计处女作便应运而生，这款名为

“生活便当盒”（Bento box of life）收纳柜的设计灵感，顾名思义，来自日式便当盒，按使用频率划分容纳空间并自由组合，诸如此类的游戏也会从个人住宅扩展并复制到城市社区，幸运的是，青山这一系列设想即将在中国南方城市落成，一个集智能、社交、人文于一体的新型创意社区将成为城市生活的又一种选择。

一个家的建构与演化经历了从简陋到齐全，再从繁杂臃肿到返璞归真的“加减法”，在保温隔热、降低噪声、防水防潮等绿色材料的运用提高了家的舒适性的同时，更应该有智能化的装备，摆脱工业化的固定模式，实现对房屋未来可变性的预见。如今，集成住宅的悄然兴起已经为未来的房屋增添了若干功能：太阳能发电与控温，水资源的循环再利用，等等。现代化的环保节能使绿色居住得以实现，在地球资源极具压缩的今天显得弥足珍贵。

垃圾分类：垃圾的衍生及其引发的焦虑

如果说一个人读过的书显示着他的品位，那么从一个人生产的垃圾便能了解他的生活方式。从古至今，人类对待垃圾都是随手一丢，眼不见为净，但大多数人不曾察觉的是，垃圾是人类祖先留给后世巨大的具体遗产之一，什么样的人就能产出什么样的垃圾，人们所拥有的与所丢弃的，往往比他们自身更能精确详尽，而且真实地说出他们曾经过往的生活。如果人类能充分了解我们所丢弃的东西，便能更加了解自身置身其中的世界。

垃圾考古学便由此诞生，分析古人的垃圾并从中获取他们的社会关系与行为习惯由来已久。考古学家艾弥尔·豪瑞（Emil Haury）在谈到美洲西南部的原始垃圾堆时，就曾如此断言："无论人们怎么看这些土墩，视它们为讨厌的垃圾堆或是生活方式的象征，它们都比其他东西透露出更多的信息。"事实也正是如此，英国考古学家雷纳德·乌里就是从一条连接几个最大土墩的沟渠判断这是倾倒垃圾的地方，继而从它暴露出来的底层判断出整个卡尔基米什（Carchemish）古城的年代。

垃圾堆：考据一种生活

对于考古学家而言，所谓的“物质文化”始终占据着研究重心，他们寻觅古人遗址或垃圾堆，试图从古人的器物和食物中找到使用者行为的蛛丝马迹，器物能穿越时空的阻隔解读不同时代人类的生活画面，也就是建立起实物证据或环境与特定的思考模式、习惯或个人特质之间的关联性，并以此作为划分社会阶级的依据。

人类生来以制造垃圾表明其存在的痕迹，罐头、瓦楞纸盒、包装材料都是垃圾掩埋场的常客。在被遗弃的废品中，人类与垃圾之间有着相对固定的关联模式，甚至能追溯到人类群体的特质及其行为习惯，考察出使用者对不同品牌的忠诚度，再由特定垃圾的数量跨越到对人口的估量，这些文明碎片最终拼凑出一张社会历史图景。然而，垃圾考古绝非轻而易举之事，最辛苦的莫过于垃圾考古人员置身于垃圾掩埋场的恶劣环境，用螺旋钻深入垃圾场的不同部分，再从选定的几层去处理垃圾样本，还要在不同地点、深度重复进行，此外，还需微生物学家和土木工程师将样本放置于无氧的密闭容器中以便日后分析。

美国考古学家基德是第一个揭示出古代废墟与垃圾的地层重要性的人。人类本能地将垃圾与自身所居之地划分开来，当居室固定后，要从此移除的就是垃圾了，也就是说，是垃圾的危机迫使人类行为模式的改变，从此走向了文明之路。随着时间的推移，被填埋的垃圾也逐渐堆积起来，它们被考古学家称为“冢”，其中“不可分解”的垃圾最为顽强，而且占有较大比重，层层覆盖，导致城市上升，从古特洛伊城的地理剖面图就可以看出这座城市处理垃圾的方法。

从垃圾场到生态公园

人类处理垃圾的方式在本质上毫无新意：倾倒、焚化、回收、减少物品的体积。然而，这四种方法也仅是权宜之计，更令人瞠目结舌的是，垃圾同时透露出人类行为模式往往本性难移，肆意消费和浪费，不断推陈出新的制造垃圾也是社会的不幸，“喜欢—厌恶—丢弃”以此循环重蹈覆辙，制造与发明产品无异于制造垃圾，一次性消毒手套和塑料用品的初衷原本是保证病人不被细菌感染，却制造了不计其数、堆积如山的垃圾。

垃圾虽无用，但处理它却要付出昂贵的代价。自古就有的垃圾掩埋做法就是以泥土同化垃圾以控制气味。旧掩埋场填满，新掩埋场难寻，纵是科技不断更新，也并不存在完美的垃圾处理方式。“先进的科技不是避孕药，而是催生剂。”无纸时代的到来并不能缓解人类对垃圾的焦虑，计算机的盛行并没有使纸张从此绝迹，反而使制作冗长的文件比以往都容易，因此书本纸张成为历史陈迹如神话般地被传颂着，却从未得以实现。

当人们为遍地垃圾大感绝望时，美国弗莱士河公园（Freshkills Park）的落成令人叹为观止，这座二十世纪四十年代末占地约九平方公里的弗莱士河垃圾填埋场变身为生态公园，五十多年来，位于纽约的史坦登岛（Staten Island）的弗莱士河垃圾场承担着纽约最主要的固定生活垃圾填埋任务，这座曾经堪称世界上最大的垃圾填埋场，在21世纪转变为集休闲娱乐、文化教育等于一体的公共生态景观公园，成为纽约市最大的城市公园。垃圾场的不断翻新如历史的车轮碾压过的历史，垃圾哲学揭示了人与物的真相——能留下来的才是最好的。

精致独处：另一种与世界对话的方式

当成双入对的主流肃杀了“单身狗”的悲凉，他们似乎已经习惯了与生活单打独斗，并且以此为乐。时代趋势的逆转成全了他们，单身生活不再被边缘化，不再承受“精致利己者”的罪名，“情人节”也沦为了“买买买”的纪念日，消费的愉悦感似乎能冲淡一切……在大多数人的观念里，单身不再等于寂寞，独处也并不意味着隔阂，矫正城市生活种种莫名的歧视，消磨掉了小众的乐趣，城市也在竭力成全着他们：一人食套餐、胶囊公寓、个性化定制路线以及随处可见的全时便利店等这些轻消费让一个人的世界也不再荒凉。独身不再需要宣言，而是逐渐成为一种普遍的生活方式。

在电子设备等于万能的时代，单身生活不再以无聊自居，APP 管理着身体与饮食，安排着社交与娱乐，每天档期全满，它的存在感远远超越了一个活生生的人的陪伴。久而久之，被读屏操纵的人开始感到厌倦，转而寻求一种精致的独处方式。《纽约时报》专栏作家斯蒂芬妮·罗森布鲁姆（Stephanie Rosenbloom）率先找到了答案，她用一年的时间记录了独自旅行的片段，梳理过往生活经验的同时，在文学与艺术之间发现独处的乐趣所在。

在她人看来，一个人的生活不外乎孤独求败，但是独处总能带来意想不到的美妙，至少这样的生活无须迁就他人，比如一场说走就走的旅行。精致的独处可能暂时无法完全覆盖与契合当下所有独身者的生活，但至少可以提供另一种与世界对话的方式。

沉淀与重启：独处不只是当代人的专利

作家往往比其他职业的人更擅长独处。远离了人群的喧嚣，写作时的沉思澄明了人与世界的微妙关系。罗森布鲁姆沉醉于这样一种状态，即便独自生活有着种种可以列举出来的显而易见的不便，甚至遭到异样的目光，然而脑内剧场丰富的独白带给她无数的生活灵光，仿佛只有一个人的时候才灵光乍现，这对于创作者提升旅行体验来说再合适不过了。

在罗森布鲁姆身后，有着一群隐形的拥趸者守护她的选择。从柏拉图、笛卡尔、康德、尼采，到达·芬奇、牛顿、梵高，再到简奥斯汀、波伏娃、嘉宝……这些有着超凡脱俗智慧的思想家都有着相同的生活蓝本——享受一个人的生活。不能完全肯定的是，这种状态将他们带向了超脱的精神境界，但是独处在他们人格魅力形成过程之中的重要性不可小觑。不再有琐碎家事的困扰，减去没有必要的社交，他们比应酬世俗的人多了大把时间用来享受生活、聚合思考，观念也因此变得专注和开阔。没有人能毁掉谁的一生，能毁掉自己一生的只有自己。无拘无束的自由反倒让他们加强了时间意识，超强的自控力暗示着初衷与使命，不为外界的诱惑所左右，这是他们即使一个人生活也能成就自己的关键。

对于女性而言，独自担起生活中的“不能承受之重”看似一种挑战，当每次迎刃而解代替了一筹莫展，独处便不再有起初的恐惧感。伍尔夫曾鼓励女作家要有一间自己的房，与此同时也要走出去看看外面的世界：“我希望你们能够想方设法得到足够多的钱，去旅行或无所事事，去思考这个世界的过去和未来，一边读书或在街角闲逛，一边心怀梦想，深深地陷入思想的长河。”

罗森布鲁姆正是伍尔夫式指南的追随者，她不局限于专栏作家的安逸生活踏上了旅程，春日徜徉在巴黎的浪漫生活博物馆，在伊斯坦布尔贝伊奥卢的彩虹阶梯沐浴夏日灿烂的阳光，在秋风中穿梭佛罗伦萨的秘密通道，回到生活了十几年再熟悉不过的纽约曼哈顿猫冬。动态的重启接档安静的沉淀，如同跌宕起伏的情节激发写作者跳脱的灵感层出不穷。

隐匿与直面：生活之外，还有生活

对于单身的诅咒从没停歇过。电影《龙虾》假设了一个乌托邦，将单身有罪推向了极致：不成眷侣，便成动物。爱情从感性转为理性，也是存在的必须选项。荒谬的情节放大了单身者内心恐慌的同时，也让情侣之间的关系陷入尴尬境地：疑虑、猜忌、背叛甚至厮杀。厌倦了对抗扭曲变质的关系，他们逃脱围追堵截的捕手，却难逃内心的拷问，因此，直面单身及其带来的种种困扰并非易事。

越来越多的人青睐单身的生活，然而对于只身一人出现在公共场所仍然心有芥蒂。于是，很多单身人士在餐厅边吃饭边看书或者浏览手机，以避免身边没人闲聊的尴尬，也让尽情享用美食的快感大打折扣。“作弊”的心态可能源自安全感的缺失，也好像背负社会对人的刻板印象，被异化以至于贴上抑郁、孤僻、自恋的标签，简直是一场单身优劣势的博弈心理战。在单身和有伴侣两种状态之间，也很难折中，既相互温暖，又互相为彼此留有一定的空间，这种平衡点很难实现，而且日久天长难免滋生出裂痕。

孤独是一个人的狂欢，狂欢是一群人的孤单。对于单身的境况，无论是直面，还是想方设法隐匿起来，也都只是在与他者的回旋之中得到些许宽慰。然而，当一个人真正体会到生活之美的时候，就算身边簇拥着再多的人，也都只是旁若无人。精致的独处，即学会从日常琐碎采撷个中惊喜与传奇，就像没有人能窃取你欣赏画作的眼睛，更不会有人取代你品尝美食的味蕾，所有夹杂着往昔个人经验对当下的私密化情感都是独一无二的，甚至是不可言说的。

执笔撸猫：为什么作家都有猫

厨房里的猫，是捕鼠能手；贵族人家的猫，是家养爱宠。主人的社会阶级，也决定了猫在它世界里的三六九等。野猫没有主人，四处为家，它是最自由的，但是经常三饥两饱，也是最悲惨的。而现在，猫与人的地位发生了扭转，调转了角色，它不再是看主人眼色的牲畜，华丽转身后升级为“猫主子”，当它们进入人类的家园，人们为它们喂食、洗澡、铲屎一通忙活，无论它们是否会讨好巴结，原本的主子成了“猫奴”，“猫主子”稳稳坐实了它在家里的尊贵地位。而人们干着苦差事，还自诩为“铲屎官”并以此为荣。有猫，就意味着什么？人生赢家。养不起猫的人在网上眼巴巴望着别人家的“主子”，即便得不到也要“云吸猫”过把瘾。

从捕鼠能手到家养宠物，从寓言故事到小说戏剧，从大众到精英，猫的身份地位随着人类世界的变迁起起落落。法国作家米歇尔·萨凯（Michèle Sacquin）就是一个超级猫奴，作为国家图书馆手稿部负责人，他能近水楼台得到一手重量级珍贵资料。他把这些宝贵的机会交给了猫，在书中寻觅它们的足迹，《行走在书中的猫》也因此得以一跃成名。从埃及四千年的养猫历史到庙宇中的猫圣像符号；从《伊索寓言》到浮世绘中，猫穿梭历史时光，驻足于历代文人与社会名流的生活中，到如今走到了其种族的历史巅峰，它们的个性，被人宠爱；它们的生活，为人神往。

拜有灵之物：猫的灵性，作家的灵感

由于猫扑猎物时身手机敏，在古埃及它被奉为神兽，梅里美根据埃及画手绘的作品也可佐证，正是基于此，猫也被当作守护神，与底比斯国王哈纳的雕像相伴的就是他的猫布哈奇。关于猫的象征和隐喻向来众说纷纭，有人说它象征着太阳，也有人说它代表了月亮，随阴晴圆缺改变大小，传言神乎其神，不过民间对它确有“夜猫子”的称呼，可见，猫的眼睛犹如宇宙中的星辰，浮现着超自然的力量，可见猫自古以来就是有灵之物，阿拉伯人一向认为在猫身上附着神灵，因此它曾作为陪葬品而出现在墓中，在宗教法器、旗帜、盾牌，甚至国家徽章上都有猫的影子。

猫是神圣的，又是世俗的。民谣诗歌里少不了猫的形象，猫与老鼠成对的出现时比敌对关系更具吸引力的是，这一对欢喜冤家之间俏皮荒诞的较量，汤姆和杰瑞就是其中的代表。儿时温馨的记忆印刻在脑海里，这也是为何作家把猫领回家，从幻想落地现实。夏多布里昂毫不掩饰他对猫的喜爱：“我喜欢猫的性格，这种不受约束、近乎忘恩负义的性格不会牵绊任何人，不管是在沙龙里还是在它自己生活的勾栏里，它一视同仁，来去无牵挂。”极端爱猫的作家数不胜数，老舍先生的《猫城记》里难掩对猫的喜爱之情：“它要是高兴，能比谁都温柔可亲：用身子蹭你的腿，把脖儿伸出来要求给抓痒，或是在你写稿子的时候，跳上桌来，在纸上踩印几朵小梅花。”多丽丝·莱辛的《特别的猫》里写了在家里生活的几只猫，无疑也来源于她自己的养猫经验，三只猫分别映射了人生的不同阶段，“猫生”即“人生”，有幸福欢乐，亦有遭遇和不幸。猫们与作家若即若离，相依为命且彼此给予对方空间，安静温柔，这也许就是作家钟爱与猫为伴的原因。

雨果和福楼拜的好友尚普弗勒里作为资深猫迷，在十九世纪中期为猫梳理了属于它的文化史——《猫——历史、习俗、观察、逸事》，以中世纪为起点，通过他对猫的观察，总结出它们的品种、习性与特征以及猫在各种文学艺术中的形象。猫和人在一起，尤其和作家为伴的时候，总是被拟人化，它在想什么，它要做什么，人们被那深邃眼神的吸引，也正是对未知世界的着迷。爱伦·坡的《黑猫》，将主人公的变态人格发挥到极致，一个行将就木的人讲述着他与黑猫的故事，从与妻子一起宠爱它，再到主人公性情大变，和妻子大吵，挖掉了猫的眼睛并致其死亡。报复很快就来了，家中着起了大火，良心不安的他又领养了一只猫，当他再次施暴时，将阻拦他的妻子砍死并将尸体藏进了地窖。事实上，无论是童话里的猫，还是爱伦·坡笔下的猫，都是人的象征，它见证着人从正常到非常态的转变，也是将人精神的外化完全投射到这个精灵般的对象上。

难驯化之物：猫的多变，作家的想象

猫是灵，也是魔。有些时候，动物的举动放大着人类的欲望，相比之下，它们的表述更直白。作家钟情于猫，不仅因为他们喜欢猫，甚至他们觉得自己就是猫。终日与猫相伴，姿态、性情都会有几分相似，而且充满了好奇心和洞察力，或许还有点神经质。也正是因此，他们更能理解猫，当别人对它置之不理时，作家则全是溢美之词。爱猫爱到目中无人的地步，对厌恶它的人又恨到骨子里。

同为宠物，猫与狗展开的忠诚与背叛的“争宠”比拼由来已久，野猫在夜里叫春谈情说爱，狗在众目睽睽之下发泄情欲，毫不避讳。猫的欲望不随意流露，就像它孕育、患病、乃至最后了却余生都在不为人知的角落里。狗寻求与主人相伴的归属感，相对而言，猫更独立，有点不可一世，不依附于任何人。即便在爱抚之中，它也不愿失去自由身。猫喜欢在人周围蹭来蹭去寻求爱抚，拱背舒展，仪态端庄，线条优雅，双耳戒备。然而从受宠到受虐，往往只有一线之隔。尚普弗勒里说，“人类为了掩饰自己的恶习和坏毛病，往往让别人相信自己身边的动物有很多恶习。”动物都不愿意被驯化，猫和人都是如此。猫和女人在性情上有着诸多相似：时而温顺狡黠、时而虚伪易怒，甚至自私绝情，在《伊索寓言》里也有猫化身为女人的传说。法国中世纪民间也有人们在再婚寡妇窗下绑猫的记载，暗示着猫是淫荡之物。与女巫相伴的黑猫，也曾是很多人童年的阴影。

罗伯特·达恩顿（Robert Darnton）在《屠猫狂欢》里就将猫的媚态归结为祸根，在着迷于它时也是危难之时。它的眼睛好像能看出人类的本质，它的叫声仿佛人的哭声。在黑暗的中世纪，“烧猫”习俗成为兴盛一时的象征和仪式，屠猫是在委婉地攻击老板，这是工人和老板因地位悬殊所展开的一场较量，屠猫就是工人对阶级仇恨的发泄手段。于是，巴赫金式的狂欢搁置了社会的常规化，颠覆了社会秩序，放纵百无禁忌，工人突破了严苛的社会规范，得到了暂时的解放。因此，达恩顿追溯了屠猫的历史，公猫叫春是嘲笑戴绿帽子的丈夫；折磨猫意味着闹洞房的习俗，是猫式的音乐，传来的狂笑既是年轻妻子红杏出墙，也暗指老板娘的淫荡；追逐浑身烧火的猫是折磨人的隐喻，终将以审判和行刑结束。工人们杀死了老板娘喜爱的猫，暗示着老板娘是女巫。审判和吊死猫是审判老板和老板娘，嘲弄当时的法律和社会秩序，工人学徒永不能升为老板，狂欢意识隐藏着工人的革命因子，也意味着现实中的工人可能会革命和造反。

蜗居宅家：与其堕落，不如创作

大多数当代人日常被通勤、工作排得满满当当超出负荷，即便有了空闲也在无休止的刷屏中度过，真正给予自己的时间少之又少。当卸下所有社会标签，排除掉一切外界干扰，栖身于私人空间中的上班族是否还能捡拾起过往的小确幸，与自我相处得怡然自得，重获满格的创造力？还是仅仅沉溺在虚拟世界的纵情声色之中，日复一日的虚度时光，大吃大喝毫无节制，最终丧失了斗志……

如果在休憩时静思反观，即便身在办公室，也只是在指定的时间里处于忙碌状态，完成某个项目，也会烦躁不安，或是被外在因素分散了注意力，这和居家空闲时没什么两样。然而以此实现自我的机会却微乎其微。因此，身处何方、奔波与否都不是分神、低效的借口。作家、画家、导演、音乐家、设计师在内的创作者们，似乎是拿到了上帝的特权，他们不用再每天去公司打卡，他们虽然蜗居宅家，然而不是在工作，就是在为工作时刻准备着，现实生活中的他们走下神坛，如同普通人一样被日常琐事烦扰，但他们如期完成了作品。美国作家梅森·柯里（Mason Currey）正是出于好奇，深入挖掘一百多名创作者的日常作息，《创作者的一天》是如此的平凡，却累积成了他们每个人不同凡响的一生。

惬意书写：做手账的准备，买文具的欲望

事物的发展往往有着两面性。一面是电子时代大量信息的涌入，另一面则是对写字的生疏，提笔忘字症在全民范围大暴发。然而庆幸的是，科技的飞速发展并没有让文具沦为明日黄花，如《文具盒里的时空漫游》的作者詹姆斯·沃德所说的，新科技对文具是威胁，但不是终结。苹果手机替代不了纸，至少你的手机电池还是会用光的……纸不需要充电，能用一整天。当你过隧道的时候，手里的铅笔也不会没信号，连不上Wi-Fi。

反倒是这般不可替代性，催生出一批“文具控”，他们并不满足于服务于基础书写的普通文具，更加追求款式品牌、作家同款、高科技创意文具等。而对于用惯了Kindle、iPad的大众而言，对文具的回归彰显出一种复古情结，一种怀旧的体验。谁曾想1945年雷诺兹圆珠笔发售时的火爆场面堪比今日

苹果发布新机？

小文具盒亦有大乾坤。文具发展史与其说是人类文明史，不如说是人类操纵文具的欲望史。在文具盒里漫游即是一部隐藏在文具盒中的趣味文化史，揭示了人类是如何发明出文具的，而文具又是如何改变人类的。为了创造出流畅高效的书写世界，各个时代的文具发明者可谓煞费苦心。事实上，现如今我们所见的文具与其原始模样相差甚远，在橡皮被发明出来之前，绘图师们使用的替代品居然是面包屑，圆珠笔笔尖的诞生竟然基于发明者在街上目睹弹珠滑尿而过的一瞬，修正液的灵感源自油漆匠粉刷错误时的遮盖……这样看来，今天所使用的任何一件貌不惊人的文具都曾是饱经风霜，集众多智慧于一身，风尘仆仆坐落于世。

那些文具发明者的无名功勋正是作家们所颁发的，他们为各个品牌的书写工具及其周边产品代言，伴随着他们一生的写作伴侣托举了灵光乍现的时刻。正像笔记本即是灵感的着陆器，书写对于作家来说像一场仪式，“新买的笔记本总是让人有点紧张，总要用一段时间才慢慢放松下来，才觉得写错了涂涂抹抹也没事”，而且“笔记本越贵，你就越想用它记些比较特别的事情，好对得起这个价钱”。

鼹鼠皮（Moleskine）笔记本就以其精致的做工、书写流畅的质感、独特的皮筋、内页网格设计、便携等优势笼络了一大批思想者，海明威、毕加索、梵高、王尔德、萨特都是Moleskine的拥趸者，它简约而不简单，时尚而不张扬，成为二十世纪在欧洲艺术家和知识分子之间风靡一时的传奇笔记本。直到今天，还有聪明人用方格笔记本的说法，说的就是Moleskine。

凡是经过时间考验走到现在的文具，背后都隐藏着它们历尽沧桑的品牌故事。然而步入数字时代，文具是否会被淘汰？詹姆斯·沃德给出了否定的回答。越是历史悠久，越不会轻易消失。它只需重新调整，重新定义自己的用途。从追求单纯的实用性，到兼有美学设计；从简单实用，到世袭而藏，文具实现了从技术走向艺术的升华，而且以另一种形式进入电子界面，钢笔、信封、剪刀、便利贴以视觉隐喻的形式延续，它仿佛在提醒着大众，时不时缅怀一下过去车马邮件都慢渐行渐远的时光。

捕捉灵感的良药：生物钟与时间表

早起的鸟儿有虫吃，晚到的老鼠有奶酪。每个人都有各自印刻在生命中有规律的生物钟，这番雷打不动可以阻挡一切心血来潮的冲动，所谓习惯成自然，无论购物逛街，还是亲友聚会，统统都要为创作者制定的生物钟让路，与此同时也会避免一些不必要的无用社交，为工作争取宝贵时间。单身汉哲学家康德的作息表有着机械般的规律，凌晨五点，仆人准时叫醒，写作、上课、吃一天中唯一的正餐、和朋友们聊天，十点准时休息。“当他穿着灰外套，拄着西班牙手杖出门时，邻居就知道那一定是下午三点半了。”

然而很少有人像康德这样分秒不差，有人天生不缺觉，三个小时的睡眠对于意大利导演费里尼已是奢侈，也有人当“夜猫子”，乔治·桑在深夜创作时宛如梦游，一宿可以写二十多页手稿，但是到了白天居然会忘记自己写了什么。菲茨杰拉德是名副其实的起床困难户兼拖延症患者，临近中午起床，黄昏才开始动笔断断续续写到凌晨，有的时候灵感闪现，七八千字信手拈来，这种突发的创作力很常见。福克纳也有突破个人极限的时候，居然一口气写出十万字。三餐睡眠占据了固定时间，也只能在其他时段做做文章。萨特认为“人可以不必花太多时间工作，却依旧很多产。早晚各三小时，这是我唯一的规则”。村上春树凌晨起床，连续工作数个小时，下午用来做运动放松心情，天天如此。在他人看来无聊乏味的生活，在他那里却意味深长，这样的重复本身像一种深入心灵的催眠，漫游在虚构文本里，走入主人公的世界。身为小说家，作品就是他与读者之间的纽带，为此他拒绝了大多数社交活动。

从被窝到餐桌，再到书桌前，有太多的诱惑恍惚了创作者的正经事，一边是创作的热情，一边是美食美酒佳人派对，时间、自律、乐观、意志力……他们在夹缝中步履维艰，迂回前进，灵感不会像计程车那样等等就来，除了在生物钟上顺应生活习惯，还要营造出适合自己的时间表，无论是他们所处的环境是安静还是喧嚣，周遭是整齐还是凌乱，把握住在何时何地何种情况下创作最有效率，才有事半功倍的效果。贝多芬午后散步时随身携带铅笔和五线谱随时记录；普鲁斯特迷恋“起床气”，《追忆似水年华》全靠他平躺着写完；简·奥斯汀在写作时还动用了她的反侦察天赋，她在做家务之余写作，从不让家人之外的任何人洞察出她的动向，随手掩护她的稿纸。安排作息与分配时间像是调整到最佳状态的齿轮，创作者或是自行设置，或是顺应着它的频率，以迎来他们每日的创作高峰。

持续创作的秘方：烟酒僧、怪癖与强迫症

波伏瓦有萨特一起共进午餐，即便没有爱人相伴，大多数创作者也簇拥着咖啡、巧克力、简餐与美酒，还有很多把猫作

为创作伴侣的。有些创作后面却是络绎不绝的债主，比如巴尔扎克。为了保持旺盛的生命力不衰减，创作者挖空了心思，他们要竭力购置一个堆满爱与温暖的空间，对抗创作瓶颈和文思枯竭。爱吃的人备足开胃小食，导演伯格曼吃高脂发泡酸奶，草莓果酱搭配玉米片，就餐期间还要有音乐相伴，从古典乐到流行乐，他无一不晓。

然而在创作者中间，如此清淡饮食的人少之又少，不少人是当之无愧的"烟酒僧"，烟酒咖啡容易成瘾却很难戒除，而且上瘾时还伴随着诸多嗜好，虽扰乱了惯常的生活轨迹，却催化了创作的激情。卡尔·马克思在烟雾缭绕中通宵达旦写作，萨特每天都要吸食烟草、酒精、安非他命、阿司匹林、咖啡、茶等数不清的兴奋剂，伏尔泰、巴尔扎克都是咖啡的重度依赖者，爱尔兰作家詹姆斯·乔伊斯对自己评价"长处不多，生性挥霍，纵情饮酒"。他有两天就写了两句话的颓废时候，但也有用累积近两万个小时完成《尤利西斯》的壮举。和烟酒腻子相比，一些令人费解的怪癖更难让人接受。富兰克林清晨脱光衣服在房间里读书写作至少半个小时，独享"空气浴"；席勒在工作室里放了一整抽屉烂苹果，只有闻了这种腐朽的气味才有写作的欲望……

无论是烟酒还是怪癖，创作者无非只有一个初衷，在好闻气味的迷醉下加足马力，缪斯女神就会多驻足在房间里一会儿。激情创作固然深入人心，“强迫症”式的创作似乎让他们的生活更像是通勤的员工，海明威天亮动笔，他站着写作，将初稿写在纸上，然后再用打字机打出来。他给自己“立Flag”，用图表监督自己的每日输出量；斯蒂芬·金每天写不到两千字不会休息；狄更斯的写作氛围有着仪式感，为了阻挡噪声，还给书房多加了一道门，书桌上放着鹅毛笔、墨水、裁纸刀、鲜花还有装饰品。如此规律地劳作，那时的他们，投入得忘记了自己的身份，做一个勤勤恳恳的码字工比任何一个徒有虚名的称号更能激励他们写出精彩的篇章，那是别人看不到的他们，是自得其乐的完美生活。

邻里街坊：最熟悉的陌生人

对于现代人来说，喧闹的都市可能是最孤独的星球。同在一个社区、同住一栋楼，甚至同处一个单元，相见却不相识，有的人经常打招呼，但对对方的生活却一无所知，“远亲不如近邻”成了远古的传说，“老死不相往来”才是现状。当代建筑格局赋予了人们足够的私密空间，与此同时，局促有限的公共空间也给邻里之间的沟通造成了难以逾越的障碍。

压力巨大、档期全满、信息透明……这一系列的城市化进程使嘘寒问暖、闲时尬聊的传统邻里关系成了过去式，层出不穷的社会骗局与陷阱造就了不少精致的利己主义者，这些在无意中为自己设下心理防线的人，究其背后的社会问题不无原因。

近在咫尺，杀机四起

据《镜报》报道，正处于新冠肺炎疫情隔离期间，俄罗斯中部发生了一起枪击案，一位三十多岁的男子用猎枪杀死了自家楼下的五个邻居和路人，起因是这位男士嫌邻居太吵而怒起杀意。几乎是同一时间，泰国《民族报》也刊出了当地两个邻居因噪声过大而发生争执，导致一人被枪杀身亡的消息。诸如此类同在一个屋檐下，积怨已久酝酿杀机的新闻不胜枚举。是什么让见面相视一笑的邻居演变成一言不合大打出手，然后升级为杀人灭口的仇家？那些余音绕梁的诡秘“凶音”勾起了压抑已久戾气的升腾，加之忍无可忍的浮躁情绪，噪声侵犯到了自家领地，无异于给心烦意乱负能量爆棚的邻居火上浇油，同理心也就此失效，冲动的魔鬼便附上身来。

当邻居成了恶魔，艺术家从那一扇扇窗口看出了端倪，故事便就此展开。最有名的当属希区柯克执导的经典悬疑电影《后窗》，摄影记者杰弗里斯伤病修养在家，偷窥窗前邻居们的日常生活消磨时光。镜头里搭建的住所，正是一个令局外人可以一窥他者生存现状的所在，每一个窗口似乎都有一双眼睛盯着，杰弗里斯就是其中一个。住在对面公寓二楼的珠宝推销员拉尔斯与长期卧病在床的妻子安娜之间的争吵吸引了他的注意，在一个下雨的晚上，杰弗里斯看见拉尔斯提着箱子多次出入，翌日又看到他用报纸包裹一把锯和一把刀外出，与此同时，妻子安娜从那时起就再也没了踪迹，职业性的好奇让杰弗里斯起了疑心，他怀疑安娜早已被拉尔斯杀害并且分尸。然而，杰弗里斯并没有目击案发现场，于是他便开始了探寻之旅，随着真相的呼之欲出，一切却昭然若揭。

杰弗里斯像是瓦尔特·本雅明（Walter Benjamin）笔下的“游荡者”（Flaneur），由于伤病暂时与城市脱离了关系，却因这一扇窗又与社会产生了某种联系，作为客观冷静的观察者，他有着自发的抵抗精神，来自职业的惯性抑或正义的初衷，他虽然无法漫游在城市的建筑物和人群之间，却又身居于此。在他者看来，他是一个被边缘化的人，可他本身却于深居简出中伺机观察着周遭的一举一动。正是这种游荡者的视角建构了城市现代生活的图景，对秘而不宣的城市角落有了观察的机会，在废墟中挖掘出人性，那冷却下来毫无血性的东西，藏匿在暗处的蛛丝马迹会在月黑风高之时发出惊声尖叫。

身为“游荡者”，杰弗里斯的视觉在方寸之地走马观花，且走且停，悠闲地看邻居们各展其能：体态婀娜妖娆的舞蹈演员身着性感内衣做着家务，忙于创作似乎永不停歇的作曲家，过着平淡无奇生活的夫妇俩……直到他目睹了推销员夫妇俩的生活，才将自己理智和反思的一面展现出来。作为邻居，作为旁观者，杰弗里斯用潜意识与想象力拼凑了真相，恐怖氛围层层深入，这也是希区柯克“读心术”的高明之处，不呈现血腥，反而在故事巧妙的搭建中传递给观众血腥的场面，“脑补”现场状况，因此他的拍摄重点也在于酝酿感情与死亡的博弈，在这一点上，也正契合了身为局外人的邻居的视角。

有的因个人恩怨而杀机四起，也有通过心理暗示大开杀戒的。2019 年的一部火遍全网的日剧《轮到你了》拉开了“交换杀人”的序幕。新婚夫妇菜奈和翔太搬进了一间公寓，原本对于未来充满期待的二人却被一场居民会改变了生活的走向，邻居的一句“谁都有想杀某个人的瞬间”打开了潘多拉的盒子，众人纷纷坦白各自心底的恨意，管理人床岛提议，在座的每个人都公布自己想杀的人。不曾想到，这场即兴游戏演变成了一桩桩扑朔迷离的凶杀案，前后三十多人卷入其中。剧中邻里玩的“交换杀人”游戏，就是每个人在纸条上写下自己想杀的人，然后把纸条都放在箱子里，大家轮流抽到纸条，对纸条上所写的名字采取行动。每一个即将死去的人都会收到一张写有“轮到你了”的纸条，他们打着“每周都会有人死去”的暗号，不得不倒吸一口冷气。

“交换杀人”的诡异之处在于真实的行凶者跟死者可能几乎无任何交集，这大大加重了后期调查案件的难度，其扑朔迷离的程度直击每个人复杂的内心世界，一旦游戏开始，便会一发不可收拾，参与者、执行者的命运就此失控，无法将真相公之于众，更不能轻而易举从中抽身。在现实中，这种类似“无差别杀人”的作案手法正是发源于日本，鲜为人知的案件当属震惊世人的秋叶原杀人事件，犯罪分子加藤智大背负着即将被公司开除、交友不顺等压力，最终酿成了随机杀人报复社会的悲剧。

萌生这种想法的人大多数是长期抑郁、精神受挫的年轻人，有被孤立的情况，在情感或者生存遭遇重创时就会有了作案的冲动，他们与受害人从未谋面，纯属因为对个人境遇的不满迁怒社会，从而攻击城市中的某一类人，这类人可能是弱势群体，也可能就近寻找目标。正如《轮到你了》对陌生人大开杀戒，歹徒凶残令人发指，与此同时也给了观众和社会一定的警示作用。近年来，这类毫无防备的案子时有发生，随着人们心理压力的增大而有不断飙升的态势，这也成为一个严苛的社会问题。每一个擦肩而过的陌生人都可能成为攻击者，最后压倒他们的稻草不是沉重的生存压力，而是冷漠，远亲不如近邻，如果社区或是邻里在他心灰意懒之时送来温暖，负能量就会得到扭转。

浮想联翩，情挑友邻

城市是流动的，也是封闭的。在每一个房间里，藏着外人不得而知的秘密，作为最熟悉的陌生人，邻居只能靠偶遇碰面，或者隔壁传来的一言半语拼凑出他们生活的大致轮廓，正是这些未知引发了悬念，暧昧的人际关系不禁让人浮想联翩。《旧约・出埃及记》里有写道“不可贪图邻人的房产。不可贪爱邻人的妻子、奴婢、牛驴或他的任何东西”。《圣经》之中提出如此警示，也示意了在现实中涉足这类丑事者大有人在。

邻人之妻，近水楼台。美国电影《隔墙有心人》（又名《身为人母》）就描绘出了邻居之间互生情愫的情节。故事发生在小城镇的一个富人区，在家带孩子的家庭主妇萨拉无暇顾及与丈夫理查德之间的关系，婚姻出现危机，在闲暇之时，她被居住在同一社区的有妇之夫布拉德所吸引，经常以带孩子之名约会，发展了一段婚外恋。美国人类学家爱德华·霍尔（Edward Hall）在他的著作《隐藏的维度》（*The Hidden Dimension*）中首创了空间关系学和私人空间的概念，他认为，人与人之间也可以像使用语言一样，通过空间距离传达信息，他以人们交往保持的距离划定了四种关系，各种距离也暗示了关系的亲密度：公共距离（360—750cm）代表着非正式的聚会中人与人的距离；社交距离（120—360cm）多见于工作职场之中，个人距离（45—120cm）适用于亲友熟人之间，也就是邻居之间交往大致保持的距离，仅限于认识，没有特殊的关系；亲密距离（0—45cm）也就是暗示着他们之间是夫妻或情侣关系。

事实上，人与人关系的远近也与身处的环境相关，起初，萨拉与布拉德在社区里以邻居的身份见面，微妙的分寸丈量出了人与人的远近亲疏，学生时期的萨拉是浪漫的文艺青年，还经常为男女平等积极奔走，然而婚后才发现家庭主妇一无是处，老公更是沉迷于网络色情，她对于生活的全部憧憬即刻崩塌。布拉德好强的妻子总是抱怨他不求上进，令他尊严扫地。随着萨拉与丈夫、布拉德与妻子的关系恶化，他们两对夫妻之间各自近距离交流也越来越少，萨拉与布拉德才有了各自寻找更为亲密关系的机会，从结识、互相吐槽到熟知，再到互生情愫，他们也上演了一出“情挑友邻”的戏码。爱人之间的关系就像是放风筝，太近了放不高，太远了又怕飞了，只有保持一个不远不近的距离，才是刚刚好的。萨拉的失望、布拉德的堕落放飞了风筝，却又在转角处情牵一线。

爱慕之情可以是互相吸引，也可以是单相思。作为日本映画史上著名的情色电影大师，若松孝二擅长以黑白片的形式，呈现出政治与情色碰撞出的故事。他的早期作品《墙中秘事》就以邻居间的偷窥展开叙事的想象，在平淡无奇的住所里，充满着压抑与沉闷。落榜的高中生内田春琴夜以继日温书复习，却又难耐青春期的躁动，闲来无事拿望远镜窥视对面居民楼的男女。事实上，偷窥只是若松孝二洞悉战后扭曲人性和孤寂生活的切入点，在末日阴影之下，战争的残余令置身在逼仄空间里的人局限于单调的生活，监视与偷窥即是反抗精神的流露。

法国思想家米歇尔·福柯（Michel Foucault）在《规训与惩罚：监狱的诞生》中写道：“我们的社会不是奇观社会，而是监视社会……我们既不在露天剧场，也不在舞台上，而是在全景机器中，被它的作用力消耗，我们是自作自受，因为我们是整个机制的一部分。”如今，不见了眼前的圆形监狱和高塔，四通八达的互联网时代实现了全景敞视，在自我暴露的同时，他者也在监控中不断获取我们的信息，当代人逐渐适应了这种偷窥与被偷窥的共生关系，网络热搜、电视真人秀、带货直播等，让人人都有了成为明星的机会，成为主流文化一部分的机会。偷窥不再是藏在暗处的“小动作”，而是变成明目张胆的“打 Call”，而且被偷窥的人也开始在表演中展示自我，用尽出其不意的招数博取粉丝一笑，观者则自主选择偶像，以他人的生活取悦自己。正如社会评论家霍尔·涅兹维奇（Hal Niedzviecki）在《我爱偷窥》中说：“窥视源于传统社群生活的瓦解，以及取代共同社会之大众电子娱乐的兴起。监视同样源于传统生活的瓦解，也同样基于科技进步。因此监视和窥视两者关系盘根错节，一点儿也不让人惊讶。它们的运作机制是这样的：我们日常生活中不断增加的娱乐，实际源于别人的生活。”

如此看来，在赛博时代，所谓“邻居”的定义在扩大，它可能不再是一个实体的人，而是一些散布在社区住宅内的电子眼、监视器，甚至是手机上的摄像头，它们注视着人们在每个场景下的所作所为，一方面，注重个人隐私的人对于自己无意间沦为偷袭的对象心有余悸，另一方面，生活在一个“刷存在感”的时代，大多数人害怕被遗忘，而且在动荡不安的环境下，智能 AI 像是一个如影随形的朋友，隐形保护着自己，对这种真实生活片段的截取继而亦有可能成为娱乐的素材，因此，曝光与掩护成了一对相互支撑的“伴侣”，正如传统对邻居的认知——麻烦与温暖同在。

抱团取暖，患难真情

瘟疫伴随着人类的历史进程，历史客观记载了灾难下的死伤损失，却鲜少记录下那些处于疫情中人们的日常生活，在人人自危、惶恐不安之中，他们的任何细小举动都有可能带来毁灭性的劫难。不幸之中有万幸，这些都被擅于洞察的作家写进了小说，当疫情结束，一切焦虑紧张的情绪都烟消云散的时候，所有虚构的细节拼凑出了我们未曾目睹，却又真实存在的影像。

突如其来的疫情打乱了原本平静的生活，病毒的肆虐放大了人与人之间的生死情爱，在极端的生存环境下做出抉择，也是对人性的考验。身处困惑迷离的局面，城市灾难如一面镜子，照见了善恶美丑，有的人临危不惧，成为“最美的逆行者”，有人在孤独中死去，还有人为了躲避灾祸临阵脱逃……活下来的人如何让生活步入正轨，不幸染上重疾的人又如何有尊严地死去，这些问题都折射出了疫情之下的人情世故。十四世纪的意大利作家乔万尼·薄伽丘（Giovanni Boccaccio）在他的作品《十日谈》里勾勒出佛罗伦萨瘟疫流行时一所乡村别墅里的避难场景。作为欧洲文学史上第一部现实主义巨著，薄伽丘目睹了可怕的鼠疫大流行，黑死病夺去了上千万人的生命。小说里，十名青年男女在乡下躲避瘟疫，那里环境清幽，美酒花香相伴，与城里尸横遍野是完全的两重天。他们似乎忘记了当下的艰难，终日游山玩水，载歌载舞，他们商定每人每天讲一个故事，十天的时间，一百个故事，从历史传说到民间故事，有的是“新瓶装旧酒”，还有对当时社会教会黑暗的批判，赞美爱情向往自由的逸事，或讽刺或幽默。

他们在虚构的王国抱团取暖，给局限的社会空间打开了新的天地，他们跳出真实世界构建了一个想象的空间，既是对现实社会的延伸，也是对个人境遇的一种反思。福柯在《词与物——人类科学的考古学》（*Les Mots et les choses*）中提出了“异托邦”（Heterotopias）的概念，在他看来，“在所有的文化，所有的文明中可能也有真实的场所——确实存在并且在社会的建立中形成——这些真实的场所或者说像场所的东西，是一种的确实现了的乌托邦，在这些乌托邦中，真正的场所，所有能够在文化内部被找到的其他真正的场所是被表现出来的，有争议的，同时又是被颠倒的。这种场所在所有场所以外，即使实际上有可能指出它们的位置。因为这些场所与它们所反映的，所谈论的所有场所完全不同，所以与乌托邦对比，我称它们为‘异托邦’……”不同于“乌托邦”的子虚乌有和遥不可及，“异托邦”是一个真实存在的场域，唯独要凭借个人的想象，或是依靠人与人之间的交往去建构这样一个空间。“脑洞大开”的青年男女打破了现实的生活轨迹，在与世隔绝的花园别墅里讲述故事，这座“桃花源”俨然成了属于他们的“异托邦”。当正常的社区生活方式在极端的情形下被剥夺，人与人的交往倾向于就地“取材”，脱离尴尬境地，《十日谈》之中每天由一个人担任“国王”，他们在角色扮演的乐趣中剥离现实的冷酷与乏味。

男女共处一个屋檐下，最广为人知的还是《生活大爆炸》（*The Big Bang Theory*）。这部伴随一代人成长的轻松搞笑肥皂剧引领的科学浪潮席卷全球，片中四个科学宅男谢尔顿（Sheldon）、莱纳德（Leonard）、霍华德（Howard）以及拉杰（Raj），与隔壁怀揣演员梦的餐厅女招待佩妮（Penny）碰撞出一场场意犹未尽的爆笑情节。剧迷们期待着这些科学怪人情感轨迹的变迁，谢尔顿与艾米、莱纳德和佩妮、霍华德和伯纳黛特如电荷一样互相吸引有了情感归宿，只有拉杰继续唱着单身情歌。

令人着迷的是，这四个宅男和佩妮居住的公寓楼，表面看上去和其他建筑并无二致，不时罢工的电梯，落后的配套设施甚至有些破败的迹象，但令人诧异的是房子的结构。网友们通过剧情展示的房间以及他者行动对未曝光空间的描述，大致勾勒出这座建筑的内部构造，细微之处见出房间的曲折变化。天马行空的奇思妙想渗透到了日常场域之中，揭开了科学宅男生活中不为人知的一面，居室摆设、房子构造、服饰装扮都迸发着科学的姿态、智慧的火花以及不可复制的个性。

科学怪人们平时是斗气冤家，在患难之时又见出真情。他们虽然有过人的智商和各自的优势，但他们也有难以启齿的短板。拉杰患有严重社交障碍，一见到异性就说不出话来。这种社交恐惧症中的选择性缄默症尤其在聚会时显得颇为尴尬，在他一时语塞之时，其他人便出来插科打诨救场。有社交障碍的还不止他一人，谢尔顿的女友艾米也是如此，这个科学宅女是不通人情的怪咖，生活死板而又无趣，直到加入了佩妮、伯纳黛特的朋友圈她的生活才焕然一新，在与朋友交流时经常贻笑大方，但她也有自己的可爱之处。在剧中还可以一窥美国人日常的社交生活，比如利用语义的歧义、夸张、双关增加笑料，当双方的观点相悖的时候，一味地劝说可能会南辕北辙，还可能因此伤了感情，与其争得不相上下，不如转移话题，在避免尴尬的同时，婉转地向对方渗透自己的观点，这种交流方式在剧中比比皆是。在沟通中，他们看上去违背了会话的原则，但却幽默风趣地传递出了他们所要表达的，这也不失为一种邻里交往的话语秘诀。

机器之城：后现代城市的兴起

罗兰·巴特在《符号帝国》中曾经对日本建筑有过如此阐释：日本的空间特征是没有中心，建筑环绕边缘而建，边缘的建筑设施又将人聚拢在一起。事实上，社会空间的开放性始终是日本建筑界的难题，如何处理人、自然与建筑的关系成了热议的话题，特别是应对未来极端环境变化之下，如何建造一个不惧风雨、怡然自得的理想空间。

日本建筑师伊东丰雄（Toyo Ito）就在有着极端气候的北海道展开了他的实验，像这样的尝试对他来说早就习以为常，如果说建筑是人们记忆中城市风景的共享，一辈辈人的传承在累积中逐渐形成了真正意义上的城市，那么契合人类记忆与环境的重任非建筑师莫属。对于伊东丰雄来说，建筑不仅仅是设计、图纸，更多的是交流和理念。他的大部分设计灵感都是从与他人的交谈中获得。从基本情况、创意方案，再到收集创意观念以及找到解决方案，与客户碰撞出最合乎需求的诉求是建筑师的使命所在。在地震频发的日本，“大众之家”的构想便应运而生，灾区的木质小屋为一定区域的居民提供了就餐聚会、互通心声的场所，建筑架构起了人与人之间沟通的可能性，也就是将“建筑”与“居住”的概念合二为一。

伴随着工业时代的来临，钢筋水泥浇筑而成的毫无个性、千篇一律、号称标准化的“方盒子”拔地而起，现代主义城市规划的单纯功能分区使建筑失去了魅力，这些城市弊端正是作为建筑师的伊东丰雄所要突破的，八代市博物馆、仙台传媒中心等作品就是最好的证明。

从传统的理念到当代的实验

建筑之所以被推崇，也正是源于人与自然之间的思考。过去，人类思考的是，如何在广阔无边的自然界中寻求一个栖身之地，现如今，久居城市的人又在规划着如何在不破坏社会性的前提下“复得返自然”。正如伊东丰雄说：“好的建筑就像一棵树，内里与外在都符合自然规律，凝聚了建造者的心血，扎根于大地，地域与空间绝非静态的，它游走于时间线上，逐渐与周遭的环境融为一体。作为建筑师，只能洞悉它的现在，它的过去等待人们去挖掘，从而造就它的将来。”

伊东丰雄是建筑界的幸运儿，他出身科班，三十而立就成立了自己的工作室，被命名为“URBOT”，其原意为“城市机器人”（Urban Robot），正暗含着他所追求的未来感和机械风格，并且在早期的住宅设计“铝之家”中有所体现，消解一切传统意义，从而探索出一种简约主义、抽象透明、质感轻盈的栖居之地。

在设计风格上，伊东丰雄始终是社会潮流的逆行者，二十世纪七十年代，混凝土房子遍布日本，而他却用轻型金属材质建起了他自己的“银色小屋”（Silver Hut）。这种先锋的观点始终贯穿在他的职业生涯之中，从“风之塔”（Tower of Winds）到“台中歌剧院”，对于视觉上的轻与重、动与静的把握在伊东丰雄的理念中越发凸显。最令人耳目一新的当属仙台传媒中心的设计，透明玻璃拼起的外层，建筑内部不规则管柱如海草的姿态，整个设计犹如一座通透的大型水族箱，为城市增添了一份灵动的色彩。

伊东丰雄对于造型的追求可以追溯到两位哲学家对他的影响，一位是法国当代最重要的哲学家吉勒·德勒兹（Gilles Deleuze），另一位则是日本哲学家见田宗介（Sosuke Mita）。哲学语汇城市“游牧”（Nomad）特有的对抗、突变、逃逸、飘逸、多元，正契合了伊东丰雄一贯的反叛思想。在科技占主导的高度发达社会，后现代的建筑如同一台机器，承载的不仅仅是机械式空间的不断复制和重叠，更是容纳着人类诸多欲望、情绪化的表达，以及多层次、智能化的外在表达聚集起来的一台机器，与传统建筑相比较，这是一场从外在到内在的变革。

如果建筑不能与所在地域进行对话，就会落入对周围环境没有任何意义的形态游戏的窠臼。在伊东丰雄的设计中着重强调风土精神，蕴含着力量感与美感交融的谦逊抑郁美学。二十一世纪经历着多样化的考验，建筑也是如此，越来越多倾向于人与自然之间的互动模式，这种模式将会在未来如雨后春笋般遍布街道。

从封闭的空间到流动的场域

“庭院里反射过来的光线透过障子（一种在日式房屋之中作为隔音使用的可拉式糊纸木制门窗），静悄悄映进室内。我们的厅堂美的要素就靠着这间接的微光。我们为了使得这种无力、静寂而虚幻的光线，悠然沁入厅堂的墙壁，特意涂抹成浅淡柔和的砂壁。”谷崎润一郎在其随笔集《阴翳礼赞》中以诗化的语言为东方独有的建筑美学点睛出“阴翳”二字，时至今日，日本建筑仍然保持着旧时的传统，防雨窗、门窗纵横格、竹帘、纸拉窗、隔扇等元素的运用营造着光影疏离之美，安藤忠雄设计的“光之教堂”即是光影虚实之美融入建筑的集大成之作。日本建筑师自始至终聚焦于人与自然在建筑之中的“对话”，伊东丰雄就是其中之一。历经了“3·11 东日本大地震”，他开始反思建筑的初衷：建筑究竟为何物？建筑人为何种目的而设计？又如何面对当前社会？

伊东丰雄为建筑写下了启示录，《建筑，从那一天开始》将建筑理论与灾后重建的所思所想融会贯通，如他所说：“人类曾自认为，遵循近代合理主义思想设计而成的现代建筑，能够战胜自然。然而其结果，却使得建筑失去了原本拥有的地域性与历史性，导致了世界的同质化。此刻我们所考虑的，是必须构思出尊重自然、亲近自然的建筑，创造‘为此地而生的建筑’。”在他的职业生涯中，曾经局限于封闭式空间的设计，如何打破这一创造的瓶颈也成为伊东丰雄的困惑。

从刚入行时的迷惘到荣获建筑界的诺贝尔——普利兹克奖的殊荣，伊东丰雄对于建筑的理念也逐渐深化，“从苦思冥想到身体力行，在事务所的经历更让他切身体会到了建筑无法在理论之上拔地而起，这也成为日后他对行业新人的寄语：与其坐而论道，不如直面现实，将自己融入现实当中，否则根本无法创造出真正的建筑，现实和概念始终相距甚远”。他观察到，在城市的公共建筑中，人的行为自由度远不如在家中自在，也正是这一点点燃了他的灵感。

摒弃以往宏大公共建筑的繁复与奢华，伊东丰雄受建筑大师勒·柯布西耶（Le Corbusier）的影响，为了凸显出抽象的光鲜之美，外观采用玻璃覆盖，轻薄的地板以及支撑它的管道撑起整个格局，管道仿佛玻璃水槽中摇曳的海藻。视觉上通透明亮，流动的空间，起伏的地面，这就是仙台媒体中心的雏形，身在其中，便有了林中散步之感。从做加法到减法，伊东丰雄打破了公共建筑的权威性，瓦解了其枯燥的形态，复归人在建筑之中久违的舒适自由感。

仙台媒体中心正是伊东丰雄建筑理念的外化，如他所说，“二十世纪的艺术，将个体的独创性与作品的抽象性，视为最重要的价值。人们重视这两点并以他们作为评价标准，从脱离自然的立场对事物进行思考。而我则认为，应当从根本上彻底重新审视这两个基准。”如此来看，伊东丰雄在肯定建筑的人文艺术价值的同时，更加重视建筑与自然的联系。

减弱建筑本身分隔内外的界限，这一观念在他设计

“TOD’S 表参道大厦”时得到了延伸，钢筋混凝土墙壁效仿树枝的设计感，使人置身其中仿佛从树上眺望风景，而且与对面建筑外的榉树相映成趣。利用现有的自然资源，阳光和绿植营造出空间之美，在能源消耗控制到最低的同时，将建筑的内部和外部连接起来，融为一体，这即是伊东丰雄建筑的出发点。

突如其来的地震也撼动着他对建筑的看法，从次生灾害引起的建筑安全性到灾后重建的考量，作为建筑师的伊东丰雄剥离开职业的身份，以在场者的身份做力所能及之事，也让他有机会去重新审视建筑对于城市有着何种意义，它的存在不仅仅是空间的充实，更是从封闭的空间到流动的场域，展开的一场关于建筑、自然与人三位一体的对话。

纸中城邦的灯塔和迷局

文学偶像：作家的化身，时代的命运

每一代读者都能在阅读中找到属于他们自己的偶像，文本中主人公的生活轨迹和精神世界被一代代传颂，他们既是作家的化身，也暗示着大多数人面对命运时的困境或是抉择。也许是性情使然，无论境况如何他们总能保持着乐观佛系的心态，抑或是在现实困境重压之下彰显出顽强坚毅、独立自主的品格……他们在时代变革的大潮中抱有自己的纯真之心，对于他人的茫然费解一笑了之，即便面对生活之中的波涛汹涌，他们仍然逆流而上。

在小说中，读者常常把主人公的经历与作者对号入座，主人公的所作所为也成为后世读者效仿的蓝本，这样看来，对于读者而言，阅读不再仅仅局限于获取人生经验，而是探索一个与自己相似的灵魂，他们从文字王国里走出来，通过深入人心的形象开辟出了一片跨越时空的、未曾发掘过的世界。文学之中的偶像，既是崇高精神的写照，也是读者的心灵伴侣，为那些身陷困顿或者至暗时刻的人点亮一盏明灯。

英雄情怀与幻想：堂吉诃德

人生是一场冒险，西班牙作家塞万提斯笔下的堂吉诃德，因为痴迷于骑士生活难以自拔，以身试法 Cosplay 了一把。在这场旅程之中，把所有可以想象的“关卡”统统游了一轮，就像那些偏偏不信邪的人一样，惹了麻烦一箩筐，闹出笑料无数，如同他的这番比喻：“人生的舞台上也是如此。有人做皇帝，有人做教皇；反正戏里的角色样样都有。他们活了一辈子，演完这出戏，死神剥掉各种角色的戏装，大家在坟墓里也都是一样的了。”人生如戏，无论是悲喜剧还是闹剧，主角都是自己，对堂吉诃德来说，这出戏的结局如何都和自己毫无关系，有人因为他的降临而灾祸上身，也有人因为他的挺身而出重获自由，到头来他自己却是竹篮打水一场空。

这部看上去荒诞无稽的小说，却有着严肃的现实意义。大多数人去想象一个美好的往昔，而少数派则不安于幻想，要穿越到那个他们未曾涉足的时代。“懒惰胜过勤勉，安逸胜过操劳，丑陋胜过美德，傲慢胜过勇气，理论代替了战斗的实践，游侠骑士的黄金时代已经成为辉煌的过去。”在堂吉诃德的眼中，中世纪的一切烟消云散，所有为人称道的美德也随之销声匿迹，而他所要做的是以肝胆相照的侠义夺回那些美好，于是便开启了他的寻梦之旅。他的缔造者塞万提斯的一生亦如小说一样传奇：在军旅生涯中负伤、被海盗俘虏、几次被人诬陷贪污军需物资和财产而入狱、经济状况陷入窘迫、因为盗版与文学和出版界撕破脸……麻烦与官司、英雄情怀与幻想串联起了他如此起伏跌宕的一生，这部小说就是他部分人生经历的写照，堂吉诃德以玩世不恭抵抗现实的荒唐，文武双全的塞万提斯为了讽刺大行其道的骑士小说，才写就了这部《堂吉诃德》。这部看似游戏之作的小说，被视为“文学史上的第一部现代小说”，同时也是世界文学中里程碑式的经典之作，塞万提斯也被冠以“西班牙文学世界最伟大作家”的称号。

就像塞万提斯一样，他塑造的主人公就是这样一个勇于挑战的逆行者，自诩为没落绅士吉哈达的堂吉诃德，由于迷恋小说之中的骑士形象，所以将自己虚构成了中世纪的骑士，与扮演他仆人的邻居桑丘踏上了行侠仗义的旅途。在塞万提斯看来，当时大众热捧的充斥着伪英雄的骑士文学，他们沉浸在想入非非之中，这颗糖衣炮弹让他们完全无视自己所处的现实。正所谓以毒攻毒，塞万提斯以骑士梦的荒唐捣毁骑士文学在大众心中的位置，唤醒他们面对的现实。虽然堂吉诃德和桑丘以正义、公平自居，却做出不少丑事，不分青红皂白地将风车当成怪物一决高下，把羊群视为敌军，在他们眼中，风车和羊群就是罪恶之源，最后连他们自己也分不清自己的真实身份。

对于那些爱幻想的人来说，梦终究有醒来的一天。堂吉诃德一蹶不振，打道回府，最终在郁郁寡欢中离开了人世。他自有幼稚之处，但他的理想与信仰是高尚的，只是不合时宜。“别人笑我太疯癫，我笑他人看不穿”，王公贵族把他视为疯子，戏弄并取笑他。理想与现实的矛盾横亘在堂吉诃德的生命之中，心怀英雄情怀的他以为在幻想中能将二者的鸿沟化解，然而却得到了双倍的打击。“当生活本身已经如此荒唐，谁知道什么才能算作疯狂？也许过于实际就是一种疯狂，放弃梦想也是一种疯狂，太过清醒可能就要疯狂，而最疯狂的，莫过于接受现实，而不去想它究竟应该是什么样子！”对于疯狂，似乎没有是非对错，只有立场不同而已。

独立自主：简·爱

在十九世纪英国文学史上，勃朗特三姐妹可谓家喻户晓的闪耀明星，她们绚烂而短暂的生命却留下了多部作品，夏洛蒂·勃朗特的《简·爱》、艾米莉·勃朗特的《呼啸山庄》、安妮·勃朗特《艾格妮丝·格雷》在当时文学界引起了轰动，成为流传至今的经典之作。尤其是夏洛蒂·勃朗特的小说《简·爱》，在一百多年之间被译为多种语言，无数次被各国艺术家搬上银幕和舞台，其中的女主人公简·爱（Jane Eyre）所表现出来的坚强不屈、独立自主的品格令读者动容。作为底层阶级的穷苦孤儿，童年时期的她没有感受过一丝家庭的温暖，而是在孤儿院严酷的环境中备受折磨，甚至眼睁睁看着好友海伦病死。即便如此，简·爱心中仍然向往着美好的生活。

这段经历即是夏洛蒂·勃朗特的真实写照，自幼丧母的她几乎没有感受过母爱，寄宿学校的极端管教甚至在她心里留下了阴影。家庭条件的匮乏并没有击垮幼小的她们，在父亲的指引下，三姐妹在书籍之中找到了一个自由的世界，在文字的天地，没有权势的暴力，往日的孤独与卑微也一扫而空。文学的力量成为支撑她们精神世界的情感寄托，环抱沼泽与旷野遍布的家是她们无忧无虑的乐园，她们将这些信手拈来的朴素细节融进了文本之中，无论是《简·爱》还是《呼啸山庄》里，这种阴暗的色调随处可见。文学的养成绝非一朝一夕，除了要有必要的知识、经验，还要有丰富的想象力以及时而闪现的灵感，长大后的三姐妹随时随地将她们的所思所想记录下来，如今人们在惬意时手捧的这些经典作品，竟是她们在日常繁重的家务之余仓促写就的。

无论是《简·爱》，还是路易莎·梅·奥尔柯特的《小妇人》，简·奥斯汀的《理智与情感》《傲慢与偏见》，数不胜数的作品都在讨论着“婚姻与家庭”这个永恒的话题，书中女主人公最终的归宿也牵动着读者的心。以沿袭至今的传统观点来看，女性向来被视为受压迫的弱势群体，在主流话语中缺乏属于她们自己的声音，如此多的不平等渗透到社交往来的种种细节，夏洛蒂·勃朗特和她笔下的简·爱都经历过这样的歧视。在写小说之前，夏洛蒂·勃朗特有一段不开心的教师生涯，这为她写《简·爱》提供了鲜活的素材。

在小说中，长大后的简·爱就是以家庭教师的身份应聘到了桑菲尔德庄园，庄园主人罗切斯特像他所在的空旷房子一样神秘忧郁，后来他们之间互生情愫，可就在婚礼上竟有人指出罗切斯特曾结过婚的事实，他的妻子就是阁楼上的疯女人，简·爱才恍然大悟，她时常听到楼上传来的毛骨悚然的笑声就是来自她。理智的她正是看到了女性在被压抑和孤立中异化的境遇，以及想象她即将迎来的生活时才毅然一走了之。当她受尽磨难再次回到庄园时，疯女人放火坠楼，罗切斯特失明致残，即便如此，简·爱仍然留下来与他相伴终身。

“要是上帝赐予我一点姿色和充足的财富，我会使你难以离开我，就像我现在难以离开你一样，我不是根据习俗、常规，甚至也不是血肉之躯同你说话，而是我的灵魂同你的灵魂在对话，就仿佛我们两人穿过坟墓，站在上帝脚下，彼此平等——本来就如此！”就像简·爱所说的，她与罗切斯特本是来自不同阶层出身，她所追求的爱情是男女平等，在成长中，她目睹了压迫与鄙视给女性带来的伤害，走过艰难的岁月，她有足够的勇气去选择她想要的生活，这种自我意识的觉醒即是成长的蜕变，宁愿拯救一份残损的爱，也不去接受施舍。无论金钱还是地位都无法撼动她独立的人格。

正直乐观：阿廖沙

一个人的童年将会影响到他的一生。美好的童年值得反复回味，而那些不幸的童年却要花上一生的时间去治愈。苏联作家高尔基在儿时遭遇父亲离世，与母亲相依为命，当同龄人还在享受宠爱时，十岁的他就扛起了家庭的重担，在工厂当学徒、工人、搬运工，小小年纪就体会到了社会底层的疾苦，当大多数人还在上学的年纪，十五岁的他就踏上了旅途，过上了流浪汉的日子，他在俄国各地漫游，为后来当记者采访写作积累了无数鲜活的素材。在他的诸多小说、戏剧作品之中，最为大众熟知的当属其以自身经历为原型创作的自传体小说三部曲《童年》《在人间》以及《我的大学》。

阿廖沙既是高尔基的乳名，也是作品中主人公的名字。从童年到少年，再到青年，高尔基几乎将自己在年少时期的经历投射在了阿廖沙那里。人到中年的他受到列宁的鼓励，将他对人生命运以及对社会的洞察写进了小说，写成了这三部经典作品。《童年》里主要描写了阿廖沙在外祖父家度过的暗无天日的童年正处家道中落之时，亲情被冲淡，全家为了争夺家产甚至大打出手，萌生敌意。而与如此急功近利的人相对的是外祖母的善良，还有能歌善舞的小茨冈的陪伴。上帝为你关上一扇门，就会为你打开一扇窗。在他的生活中，丑恶与善良常伴左右，比如外祖父的两个房客，一个是名为“好事情”的知识分子专心致志做学问，另一个是名为车夫实则匪徒的彼得。

在如此复杂的环境中成长，阿廖沙既没有沾染上恶习，也没有因此自甘堕落，他在不安之中默默承受，并且记录下了这一点一滴。虽然在家里挨继父的毒打，在学校也受尽歧视的眼光，但他对未来并没有气馁。《在人间》里的少年阿廖沙为了生存被迫闯荡“人间”，一路做学徒和工人受尽坎坷，混迹底层尝尽世态炎凉，可是无论怎样，他心中都有一个坚定的信念，不为浮躁的环境所左右，最终成了一个有见识、有担当的人。在小市民林立的氛围中，他以文学抵挡乌烟瘴气，文学书籍成为照亮他未来的一座灯塔。

就像他写道：“在我的内心世界里生活着两个人。一个人对种种卑鄙下流的事情见得太多，故而有点胆怯；又因为了解生活中种种可怕的事情而感到压抑，开始对生活、对别人抱着不信任的怀疑态度。他怜悯所有的人，也怜悯自己，但又束手无策……另一个人读过充满智慧的好书，受过书中神圣精神的洗礼，他看到世俗生活中可怕的东西拥有难以抵御的势力，感觉到这股势力不费吹灰之力就能砸破他的脑袋，用肮脏的脚底踩碎他的心，于是，他就紧张地自我防卫，咬紧牙关，握紧拳头，随时准备应付所有的争执和搏斗。”到了《我的大学》，本来怀揣着大学梦的阿廖沙却事与愿违，没有进入大学，最终是在社会这所大学获得了思想的洗礼，最终成长为一名革命者。苦难与阴霾从未打败积极乐观的阿廖沙，反倒成为他坚定前行的动力。

顽强坚毅：保尔·柯察金

“人最宝贵的东西是生命，生命属于人只有一次。人的一生应该是这样度过的：当他回首往事的时候，他不会因为虚度年华而悔恨，也不会因为碌碌无为而羞耻。这样，在临死的时候，他就能够说：‘我的整个生命和全部精力，都已经献给世界上最壮丽的事业——为人类的解放而斗争。’”保尔·柯察金在烈士墓前的这段话，几乎每位读过《钢铁是怎样炼成的》的读者都可以脱口而出，可见他的形象多么深入人心。这部苏联小说被译为多国语言，保尔崇高伟大的品格激励了无数青年。

然而，这本书的诞生并不顺利，作者奥斯特洛夫斯基在二十岁时就遭遇了重创，导致全身瘫痪、双目失明，在如此绝望的情况下，他克服困难，历时三年完成了这本书，而后出版又一波三折，被频频退稿。就像贝多芬在失聪后构思出了“命运交响曲”一样，身体的障碍并不能阻挡他们艺术创作的决心，反而比以往在正常状态书写的作品更富有生命力。

奥斯特洛夫斯基和他塑造的保尔·柯察金的命运有着几分相似，同是底层阶级的劳苦大众，童年时期的他就饱尝人生艰辛。十几岁的奥斯特洛夫斯基就奔赴革命前线，参与铁路的建设，他以坚强的毅力抵抗外来的恶劣环境和疾病的侵袭，一次次投身到劳动中去。他读了《牛虻》，小说中爱国青年的理想深植于他的精神深处，不断感召他献身于革命的决心。在战争的血雨腥风中，他为了救出同伴而锒铛入狱，受尽酷刑折磨，几次与死神擦肩而过。奥斯特洛夫斯基在工作中从来不知疲倦，繁重的劳作最终使他积劳成疾，这位年轻的无产阶级战士在受到父亲和敬仰的偶像高尔基去世的双重打击之后溘然长逝。

“钢是在烈火和急剧冷却里锻炼出来的，所以才能坚硬和什么也不怕。我们的一代也是这样的在斗争中和可怕的考验中锻炼出来的，学会了不在生活面前屈服。”奥斯特洛夫斯基在现实中践行了“钢铁是怎样炼成的”，这是他赋予保尔的坚韧刚劲的性格。保尔从小受尽屈辱和鄙视的他萌生了反抗精神，在战场上不顾个人安危冲锋陷阵，在工作中废寝忘食吃苦在先，以至于二十多岁就重病缠身。从战场到工厂，保尔已经习惯了以战士、铁汉的姿态应对一切，即便被缚在病榻上，他依然竭尽全力排除万难重新赢得生活的主场，没有任何文学创作经验的他完成了小说《暴风雨所诞生的》。

无论是奥斯特洛夫斯基，还是保尔·柯察金，他们只是普通人之中的一员，所做的也只是平凡小事，但他们让这些平凡变得不平凡，在危难面前，身为年轻人的他们也曾有过躲闪的想法，身患重疾的时候，萌生过放弃生命的念头，但钢铁般的意志战胜了内心的脆弱和恐惧，他们不断向命运发起挑战，这种不屈不挠的精神让他们的经历不同凡响，并最终成长为英雄人物。他们将生活赋予的珍贵礼物——这份充满朝气的青春活力奉献给了最伟大的事业，他们也成为那个时代的丰碑。

乐观佛系：好兵帅克

布拉格向来是浪漫之城、文艺之都，在那里也诞生了不少举世闻名的文豪、艺术家，哈谢克就是其中之一，他曾被欧洲批评家与十六世纪《巨人传》的作者拉伯雷、《堂吉诃德》作者塞万提斯相提并论，一部未完成的作品《好兵帅克》被译为近六十国语言，并改编成影视舞台剧作品，被誉为捷克的国宝级文学杰作。这部充满了黑色幽默、直击人性的小说完美诠释了布拉格精神：直面生活的荒谬并在严酷中寻觅自由。残暴腐朽的奥匈帝国为了争夺霸权而对弱小民族实施压迫，捷克人好兵帅克就历经了这种苦难，他并不是一个人在战斗，而是代表着备受压迫的捷克民族，他表面上嬉皮笑脸、唯命是从，内心却以让人啼笑皆非、忍俊不禁的方式反抗着压迫。然而，在沉重的打击面前，好兵帅克有着“四两拨千斤”的功力，无论是强硬的命令，还是严肃的审判，都在他颇具幽默与智慧的一连串妙语下迎刃而解。

好兵帅克身患风湿病，摩勒太太用轮椅推着他走向入伍的队伍，却被当作装病逃避兵役，饱受精神折磨，尝尽皮肉之苦。他还有一个“狗贩子”的身份，把杂种狗当贵族犬卖给了倚仗权势之人，倒买倒卖的生意也招来灾祸。生活处处有陷阱，稍有不慎就陷入牢笼，战局瞬息万变，人的境地也因此瞬息万变，好兵帅克早上还被两个士兵押解着，不一会好兵帅克又拿着枪管起他们来了。如此人生像是经历了一场游戏，然而身边的人却又不苟言笑，冷若冰霜。好兵帅克与生俱来的幽默天赋决定了他的命运，他以不变应万变，从警察局、疯人院再到法庭、拘留营，当身边的人被权势欺压得瑟瑟发抖、泪流满面，当同是天涯沦落人的监友绝望得失魂落魄时，好兵帅克瞬间化身脱口秀表演者，三言两语便将冰冷的境遇融化，亦庄亦谐的玩笑，足以抵抗荒诞的世界和虚妄的人生。他从未想过逃避，而且一次次化险为夷重获自由；他不是英雄，却几乎轻而易举战胜了与他对决的所有人。憨厚耿直、谦卑诚实、满脸写着无辜的好兵帅克，也暴露出了官僚、特务、伪神父人性中的险恶肮脏丑陋。

哈谢克塑造的好兵帅克“非暴力不合作”的喜剧效果有别于卡夫卡式沉闷的悲剧性抗争，与其说他们对抗的是国家机器的暴力，不如说他们直面的是世间的苦难。人间世道，十有八九不如意，哈哈一笑，随波逐流的“佛系”人生态度远远好过唉声叹气、呼天抢地。好兵帅克让人笑中带泪的经历，也映射着他背后的操纵者哈谢克漂泊不定的一生。时过境迁，当《好兵帅克》被冠以讽刺小说的时候，又有多少人读懂这尴尬背后的辛酸？同是捷克作家的赫拉巴尔曾把哈谢克及其作品称为“难以辨析的象形文字”。好兵帅克收到了多少笑声，哈谢克就曾受到几分苦楚。这部作品取材于哈谢克自己的亲身经历，所以究竟是哈谢克扮演了小说里公认的白痴，还是好兵帅克就是哈谢克本人的化身不得而知，然而可以肯定的是，哈谢克绝对是当之无愧的硬汉，毫不畏惧，所向披靡。

哈谢克的故乡捷克布拉格诞生了不少文人、艺术家：米兰·昆德拉、伊凡·克里玛、雅罗斯拉夫·塞弗尔特……巧的是，哈谢克与卡夫卡诞生于同一年，又双双成为捷克文学史上大师级作家。卡夫卡家境优越，受过高等教育，而后成为保险公司职员，他笔下的人物孤独、苦闷和绝望，陷入对未来恐惧的重重包围之下。哈谢克家庭贫困，幼年丧父，年少时的他便担负起了养家的重任，还投身反对异族统治者的活动，曾因参加反德游行而锒铛入狱，他放弃了银行职员的稳定工作，当上了报社主编，经常为底层民众疾呼奔走，还因此招致不少牢狱之灾。“一战”爆发后，哈谢克应征入伍，这段经历也为他后来写《好兵帅克》积攒了不少素材。哈谢克与卡夫卡虽然在文风上没有交集，但他们都从小人物的经历入手，不断尝试他们在向往自由的路途上的探索。卡夫卡的成长可谓顺风顺水，稍有磨难便会陷入深思；而哈谢克则身经百战，兵来将挡水来土掩。因此也就形成了两种截然不同的风格：一个写实，一个抽象；一个朴实直白，一个富于哲理；一个嬉皮笑脸，一个迷茫不安。

《好兵帅克》集中了哈谢克一生“笑点”的精华，他玩世不恭地给了那个时代权势腐败当头一棒，身处俘虏营，他始终没有间断创作，传世短篇小说有千余部之多。不幸的是，哈谢克刚刚跨入不惑之年，生命便戛然而止，直到临去世之前，他仍在写《好兵帅克》的第四部，昆德拉说，《好兵帅克》也许是最后一部伟大的通俗小说……好兵帅克模仿着周遭这个愚蠢的世界，人们却无法分辨他是否真的愚蠢。他轻松而愉快地适应了统治者定下的法则，并不是因为他在其中发现意义，而是他发现了其中的无意义。……他把这个世界变成了一个大玩笑。还未完成全篇，哈谢克就撒手人寰，不知道这是不是上帝为了抢先知道故事情节而跟他开了一个玩笑，但正如今天读到的，无论后续如何，遇到多少意想不到的险境，好兵帅克还会嬉笑怒骂地走在路上。

作家密码：如何走出作家的私人迷宫

A. S. 拜厄特的小说擅长搭建一个庞大的知识网络和博物体系，猎奇者仿佛进入后现代迷宫，林奈的植物分类法，巫术与科学相映成趣，神话学与历史传说的互补，符号学的暗喻，优生学的社会意义以及文学和流行文学的意象……猎奇者在光怪陆离的知识三棱镜的折射下不免走失，一番眼花缭乱反而忽视了情节的推进，在其作品《传记作家的传记：一部小说》中尤为凸显，拼贴、重叠、排列组合……后现代的把戏轮番上演，现实事件和小说故事之间的扑朔迷离，读者解谜的初衷被瓦解，最终却将自身的臆想编织其中，写成一部新的作品。

迷失与重构：突围后现代迷宫

《传记作家的传记：一部小说》就是这样被现实牵引着走向虚构的。身为文学博士，纳森怀揣的后现代文学理论家的梦想在千篇一律、枯燥乏味的文本剖析中化为泡影，逃脱学院的藩篱，他迫切寻求一种充满着事物和事实的生活。他者惊讶于纳森如此草率就放弃了学术之路，事实上却是纳森对学术二字理性澄明之后做出的选择，真正的学术事业即是清除掉几丝蜘蛛网，增添点最平凡的光亮，此外别无其他。如他所说，学院里那一扇脏兮兮的窗户正是对智性的不满和学究式盲目性的一个古老而陈腐的比喻。相较文学理论过度决定论带来的虚无，纳森决定投身对传记作家及其所写人物原型经历的奇妙探索，写一部有关传记作家的传记。然而，当他深入作家德斯特里·斯科尔斯为维多利亚时代的博物学家博尔所写的传记时才发现，无论是作家还是所写人物的一切都语焉不详，在这个看似无解的谜题中找寻蛛丝马迹，无疑使他陷入焦虑甚至恐慌。

在文学的课堂上，所有的课程都在演绎着重复的母题：断裂、缝隙、侵害、解体、引诱和欺骗。对于虚构的渴望，对于密码的痴迷，让纳森决定投身于神秘主义的怀抱，这几乎可以看作所有文学爱好者最初被吸引到文本中的初衷。一方面，经历时间的推延和成长的磨砺，特别是文本的想象力已经远远逊色于现实，赛博领衔的后人类主义时代悄然而至，泡沫一般的情节似乎已经无法满足他们的想象，对于那些曾经沉迷于想象空间，致力于文本耕耘的学子，可谓致命一击；另一方面，放弃后结构主义思想的一个重要原因就是厌恶了许多强加于其之上诸多“主义”：男权主义、女权主义、自由主义、解构主义……理论之殇充斥着整个文学批评文本，往往在最不搭界的文本中发现同样的结构和遁词，乏善可陈，毫无新意，这种种原因都促使纳森决绝放弃最初的梦想，奔向充满“事实”的生活，“一个充满各种事实的世界才会有的那种闪亮亮的结实可靠”。

然而，当他真正走入一个传记作家的传记，德斯特里·斯科尔斯笔下的博尔，以近乎无用的知识搭建出所谓的生活蓝图：冗长、斑驳、细碎……在德斯特里·斯科尔斯精细的统计中，博尔中意的红苹果和绿苹果被多次用到他的著作中，红苹果是奥托曼民族的意象，象征着饥渴的升迁，绿苹果则象征着失望的痛苦。在博尔的私人情感世界中，竟然引用了这副密码的隐喻。他与交往的两个女性组成了不同的家庭，红苹果代表着一个名为伊尔迪兹的土耳其女子，雍容华贵，身份显赫；绿苹果代表着他童年时代的青梅竹马伊万杰琳·索尔韦，一个牧师的女儿，身份卑微。对于纳森来说，由衷的喜悦莫过于穿越他和博尔阅读的迷宫去追寻他们的踪迹，然后出乎意料地找到生活的脉络。纳森的私人情感完好地复制了博尔的偏好模式，他身边的两位女子，薇拉有着百合和雏菊味儿的芳香气息，芙拉散发着淫荡的气息，一个沉静如水，一个热烈似火。纳森发现，他所认识的她们，在他的精心打造下，她们的形象已经成为一个虚构的真实，表象之下的真相深不见底。也正是在此时，他才认识到人的复杂性，一纸文书的叙述，再多的脚注也只是单薄得苍白可怜。

博尔之于德斯特里·斯科尔斯，德斯特里·斯科尔斯之于纳森，如同俄罗斯套娃一般，费尽心思寻觅的蛛丝马迹，最终不过是过眼云烟。如同小说的名字《传记作家的传记：一部小说》，他们三人的命运无疑都被印刻在传记的迷宫中，相互覆盖，又相互交织。

文本的出走：关于传记的谣言

小说家的使命是虚构一个世界，让读者信以为真。难道传记作家的使命仅仅是去虚构一个真实的人物吗？正是这样的疑惑让传记作家陷入窘境，对传记创作的偏见也纷至沓来。就像纳森曾有的顾虑，传记是那些缺乏真正创造才能的人讲述的故事，传记艺术则是一种备受蔑视的艺术，因为它是有关事物，有关事实，有关事实取舍的艺术。在互文和引文盛行的时代，拿来主义大行其道，文本正是通过名正言顺的嫁接而焕然一新。这种从现实中索取，且只需少许平铺直叙加工就跻身文学之列的创作，只能取悦那些街头巷尾的老少妇孺，有洞察力的人则会对其嗤之以鼻。因此，在文学理论家看来，传记是低劣粗俗的戏仿，仅仅是以时代的趣味迎合读者的口味。

另外，传记作家也会据理力争，为自己的创作辩护。人类个体的独一无二决定了传记存在的价值，在一个作品中探索、构建，继而呈现出一个完整的人。传记作家在创作中严格遵守维特根斯坦式的思考，凡不可说的应保持沉默，绝不可以声称掌握有他事实上并不知道的情况。即便有如此苛刻的自我克制，个人观念还是会或多或少地渗透到文本中，但为了构筑一个完整的叙述世界，即便淹灭个性也难以做到以客观中立的视角立足于字里行间，被解构的命运在劫难逃。

纳森的研究就是从文本中无意暴露的偏见追寻德斯特里·斯科尔斯的踪迹开始的，了解他的生活习惯，揣测他的意图，刺探他为读者设下的种种阴谋。德斯特里·斯科尔斯在传记写作中尽力还原博尔的私生活，作为博物学家的他四处游历，这有赖于他所掌握的诸多语言，也正是这个优势促成了他在写作中广泛使用跨文化的暗语和隐喻，德斯特里·斯科尔斯摸索着他的写作习惯，解开了博尔在文本中设置的私人密码。如他所说的，“从自己对世界观的探寻中，自己直接与事物发生某种正面冲撞的探寻中，当然，还包括与各种事实发生正面冲撞……对我冲击最大的莫过于我们无止境地研发出的揭示显而易见的意义背后的隐秘含义的深奥文风和手段，来展现人们陈述和解释自己的感觉和信念时背后蕴含的欲望和弦外之音”。

一切疑问在纳森亲自执笔写作之时得以阐释。当他面对三段不同传记的碎片式记录，当他不厌其烦地为德斯特里·斯科尔斯那些难以捉摸的卡片藏品编排目录时，随着写作的深入，他逐渐将注意力从对德斯特里·斯科尔斯的不在场转移到自己的立场上，一种风格的代入感在无形中被异化了。“我的叙述必须成为我本人在场的一种陈述，也就是说写成一篇自传，那种最随心所欲、自我放纵的体裁。同时我还尝试不自觉地动用自己的生平事迹，作为临时的线索，把自己的故事（我的写作）串于其中，而且又避免没有必要地停驻在自己的感情、需要或者自己的性格上。”纳森既无法忍受对理论的歪曲、误读以及过度阐释，又不能在写作中抹杀自身的在场，即便博尔生平资料的缺失和德斯特里·斯科尔斯下落不明，解码作家意图的过程也是他对自我的重构，在文字徜徉中的一次新生。

书写困境：文本缔造者的精神困境

卡夫卡隐匿为甲壳虫，夏目漱石化身为猫，海明威蜕变成豹子……作家们向来偏爱“变形计”以此来暗示他们的情绪与处境，日本作家厨川白村的一句“文学是苦闷的象征”，如箴言般给作家们的生活投下阴霾，现实往往并不悠然自得，他们或是佯装倔强抵御现实，其中的残酷往往无法承载天马行空的自由想象；或是掩盖他们作为矛盾体的无奈，直至笔触肆意飞扬，为陷入困境的沉默者画出千姿百态的逃逸线，它们蜿蜒曲折、起伏跌宕；或将生活映射于此，或逃脱牢笼虚拟另一个世界。法国作家安东尼·佛楼定（Antoine Volodine）的《作家们》揭示了文本的缔造者背后的生活真相与其精神创伤。

世俗的悲哀不得不使作家们练就独家异类方术，游走在现实与自我精神的边缘，面临阴谋与刺杀、病痛与死亡的步步紧逼，心怀乌托邦式的美好，以血肉之躯呐喊着，抵抗残暴与恐慌，直到在明媚的假象背后陷入死寂般的沉默，在意识流与魔幻主义渲染的氛围中，上演了一出由他们亲自操刀的行为艺术，定格沉沦在失败者乐园的作家群像。

“逃脱术”：作家精神困境的突围

建立一个让读者信以为真的虚拟王国是身为小说家的使命，现实中无法直面的满目疮痍成就了他们的独特技艺：“逃脱术”，即消解精神困境。“回到死亡，离开死亡”就是《马蒂亚斯·欧勒班》的生存状态，作为一个在监狱里待了四分之一个世纪以上的非主流作家，他赋予生命重要时刻以丰富内涵，设定了四百四十四这个开枪自杀的心算极限，四百四十四影射了祖父去世的日子“一九四四年四月”，带着他对死者的敬意与数字完美音律的痴迷，每当枪口对准头顶默念倒数至两百多的时候，就会在机械的计数节奏与音乐性的诱惑中陷入对受难者的悲悯和种种焦虑的困扰之中，自杀未遂。“逃脱术”仿佛他生命旅程的缓冲通道，时空都凝固在那一瞬间，他暂时搁浅世间的负累，抛开先天性细胞萎缩病给他戴上的魔鬼一般的面具。

相较于马蒂亚斯·欧勒班，《开时》中的作家并没有这么幸运，他臆造的逃脱术是儿时一个遥远的梦，五岁时公开反抗一切制度与权威的束缚，屈身于写作，远离成人世界的残酷；而如今却困在疯人院经受拳打脚踢，审问他的人不过是两个在特别精神病监狱里握有权力的病人，暴力是他们唯一的权柄。在虚无与荒谬主宰的世界，他追忆最初的写作热情，对超自然现象燃起的好奇心，往昔沉浸在无人之境的天真胜利感，诸多美好记忆一一浮现，他所有的付出即是为了整合所有的作品，“离开原点，回到开端”，回应那个写在第一本笔记本上面的标题“开时”。

还原写作的初衷除了灵感的与生俱来，还有外来噪声的侵扰不得不身体力行还原真相。《明天将会是一个美好的星期日》中的尼基塔·古西凌在外祖母史诗般夸张讲述他诞生全过程的诱导下开启写作之旅，兽性、嘶吼、嘈杂的歇斯底里、乱响的钟声……母亲难产之死的主题随着每一次讲述的差异衍生出多种情节，事实上，外祖母试图掩盖他出生时发生屠杀的事件，无意识地修改了他的回忆。为了消解他对出生过程的质疑，他试图还原真实情景，将收集来的每一样杂物赋予一个身份识别，将他们视为小说中一百四十五个人物，向他们诉说他出生时的故事，这也是遇难者生命惨烈的结束，复现以他的上吊自杀告终，困扰他半生之久的魔怔伴随着场景的复现而消逝。

"分身术和隐身术"：作家虚拟人格的构建

事实上，精神困境突围的惨烈不仅仅限于自我开解，佛楼定就是以擅用"分身术"见长，在文学中分裂出的三种虚拟人格（Manuela Draeger，Elli Kronauer，Lutz Bassmann），在文学史上，像佛楼定以异名、匿名书写的作家大有人在：司各特匿名出版代表作《威弗利》（*Waverley*），勃朗特姐妹分别以柯勒（Currer）、埃利斯（Ellis）以及阿克顿·贝尔（Acton Bell）作为笔名以避免世俗对女性书写的偏见，葡萄牙作家费尔南多·佩索阿为自己杜撰了72个名字，并为每个名字杜撰了他们特有的思维与写作风格。异名、匿名写作既是作家虚拟人格的构建，也是以此作为抵抗世俗之媚的良方，《博格丹·塔哈西耶夫作品中的沉默策略》似乎就是佛楼定本人的写照。

为了避免对号入座，小说中博格丹·塔哈西耶夫生活在二十一世纪的中期，他在二〇四四年宣称将用本名开始创作，小说人物有扭曲的心理疾病，为了能够获得生活所需物资而互相残杀，与传统科幻小说将现实中的社会焦虑转化到作品中不同，他的小说是自成一格的封闭世界，用熟悉的事实改造而成，但那些事实已经被扭转得无法在现实世界里找到对应。然而，出版小说并没有给他带来愉悦，社会状况毫无改善，伴随着他的是失望和屈辱，因此他选择长达二十余年的缄默。随后，他以笔名让·巴尔百安出版了几本被列入侦探系列的小说，他的小说充满异常的幻想和意象，但情节前后不连贯，支离破碎；作品人物个性分明，但名字却惊人的雷同，塔哈西耶夫在小说中把所有幽灵分别命名为“沃尔夫”“瓦勒夫”“沃鲁夫”“福拉夫”“佛尔夫”以及“沃尔福”，人名的统一化由此被当作一种文学倾向供人研究，这些令人迷惑不解的名字都被视为塔哈西耶夫多重人格的化身，也是他激进虚无哲学的一种姿态。

“假如您要您那抵达死亡的旅程具有饱满的意义，若您希望知道为什么您曾经保持沉默，那就做跟我一样的行动。沃尔福。”这段极具煽动性的遗言预示着他的毁灭，对于外界来说，塔哈西耶夫个人独享的文学观既无宣传价值，也没有读者群，普通作家期待的，即他唾弃的，他的分身和隐身以“不在场”的神秘弥漫着死亡的气息，巨著《沃尔福》堪称遗嘱式的作品，充斥着史诗般的内心独白艺术，这也给他最后的饮弹自尽埋下了伏笔。

“炼金术”：“后异国情调”，一个写作流派的诞生

佛楼定为那些被现实世界隔离的群体写作者创建一个流派：“后异国情调”。与其说是他一个人的创立，不如说是群体行为聚积而显现出来的。书写者及其创造的人物处于混乱的时代，政治的阴霾投射到卑微的生命，但它们拒绝随波逐流卷入权势争夺、摧毁理性、政治宣传和谎言的运作中，对于现实，他们一腔热血熊熊燃烧，直到身陷囹圄心如死灰，他们和他们创作的文字一起与世隔绝。正如玛利亚·三百十三所说的：“一首诗一旦经由墨汁而化成作品，就死了。他不认为他所从事的创造新词工作和外面世界所谓的艺术或文学活动有什么关系。”因此，“后异国情调”在诉诸文字上也形成了反常规的格局：不服从任何限制，不写典型的超现实魔幻人物，捕捉文字稍纵即逝的组合，探索意象的表现方式；字里行间充斥着对死亡和病态的迷恋，随处缭绕的是对末日灾难的恐惧感，抑或架构侦探情节的虚构故事，现实与梦境并行不悖。

“我想本文提出了一种文学手法，目的是考问虚拟作品中的创造性之限制的问题，可那也显示了甚至是对书写的主动轻视，类似一种自残，目的是讥笑贬低书的概念、作者的概念以

及与书和作者相连的虚假价值观；应该把这段话看作一种仇恨的表露，其中一半是厌恶书写，一半是憎恨官方出版界。”佛楼定借塔哈西耶夫之口表明了“后异国情调”产生的社会背景，他们在意识形态和武力上遭遇围追堵截，以致失去自由，面对战争屠杀、政治丑闻以及种族带来的人类不公平待遇，他们从未改变初衷，而且将疯狂与死亡置之度外，投身于一场希望渺茫的战争，哪怕是孤军奋战亦在所不辞。他的小说也为这个写作流派写下了注脚，小说《光辉终点站》（*Terminus radieux*）预告了核泄漏制造的末日惨剧，军人克罗诺尔决定独自前往核污染弥漫又人迹罕至的西伯利亚村庄协助救援。

“他们的身体像是有意识的肺，像唠叨的肺。他们的回忆变成一部梦想集。他们的呢喃最终形成了没有特别指明作者的集体著作。他们开始反复述说着没有实现的诺言，他们发明了几个世界，其中肯定会出现惨败，正如你们所谓的真实世界里的惨败一样。”在虚拟王国中，写作者何尝不是避开世俗的目光，只身前往无人之境？他们竭力呐喊，即使孤掌难鸣。对比权威者的肆意横行，文字愈加显得苍白无力。作家转而变身话语炼金术士，如玛利亚·三百十三使用缩写字和一种只有她本人才拥有的解码语言，创造一种如同内心独白的暗哑之声，“像最后的幻想而无用的见证，由精疲力竭的人或者由死者为死去的人说的”，这就是普通读者读懂文本缔造者异类方术的秘密，它只可意会不可言传，当英格玛·伯格曼的《第七封印》中骑士与魔鬼下棋的身后几个辛苦爬坡的人影，还有王家卫《东邪西毒》中被风吹起窗纱遮了一半的荒凉景色浮现之时，方可顿悟那份难以言喻的甘苦。

有色眼镜：文本内外无所不在的歧视

2016年是莎士比亚和汤显祖逝世四百周年，莎士比亚在《哈姆雷特》中写道的“生存还是毁灭，这是一个问题（To be, or not to be: that is the question）”闻名遐迩，汤显祖在《牡丹亭》里写下的“良辰美景奈何天，赏心悦事谁家院”却鲜有人问津，虽有“东方莎士比亚”的美誉，但大多数人还是对其作品知之甚少，东西方文化的失衡在两位戏剧大师及其作品的流传度上表现得淋漓尽致。对于那些在中西文化之间匆匆而过的摆渡者，西方思想潜移默化地潜入文化表层，经由时间的沉淀历久弥新，对传统文化的认识却因此有失偏颇。

同是文学大师，他们的著作流传至今堪称经典，也许是受到传播或者译介的局限，身处东西方的两人受到了截然不同的待遇。这种因种族、身份、阶级而生成的歧视，在文本内外比比皆是。

迷失的自我：从种族歧视到身份危机

十年前，华裔设计师刘扬出版的《东西相遇》（*Ost trifft West*）一书以简约的笔触勾勒出中德两国人日常处事态度的差异，同时也彰显出中西方文化的截然不同。“香蕉人”（ABC，即 American-Born Chinese，最初意指出生在美国的华裔人，他们外表黑发黄皮，以英语为母语，在思想上归于西方价值观）得天独厚的生活背景赋予他们游刃有余地穿梭于两种社会和文化之间，因此，当他们谈及跨文化的时候，对细节的描述和把握往往比“土著”更有发言权。

种族歧视、身份危机的焦虑始终是全球化视角中跨文化研究的关键词，其根源在于地域文化赋予个体间两个“自我”之间的摇摆，一方面，有彰显自我的欲望，探求陌生化所带来的刺激感；另一方面，着落于舒适地带，复归故乡寻觅优越感和归属感。也正是出于此，华裔作家任璧莲（Gish Jen）将心理学上对自我阐释的两种模型融入对中西方艺术创作的阐释中，具体来说，即欧美占主导地位的“独立自主（independent）”的、个人主义的自我，通过特点、能力、价值和偏好这些个人独特的属性来定义自身，以及东方包括中国在内的占主导地位的“相互依存（interdependent）”的、集体主义的自我，也就是通过地位和角色定位自身。两种“自我”带来了感知、记忆以及叙述自我和世界截然不同的方式，而这种差异也会对小说的理解和创作有所影响。

因此，东西方的“两个自我”的差别在小说文本中更为鲜明，特别是在华裔作家任璧莲的作品中。晚年移居美国的张爱玲在《同学少年都不贱》里就写了东方女性在美国社交圈的遭遇：“东方妇女矮小的在美国本就买不到衣服，连美国女人里面算矮小的都只能穿得老实点，新妍的时装都没有她们的尺寸。赵珏只好拣男童衣服中最不花哨的。”时尚规格和消费模式的强权，即对她们性别与种族的双重歧视，也因此在信仰习俗和文艺历史中丧失了归属感。

最显而易见的即是中西方对于“家”的理解，中国人认为，“家”牵连着一切，交织着历史背景、社会关系、家族谱系，甚至饮食习惯。在美国当代文学中，像汤婷婷、谭恩美、李翊云等华裔作家都不约而同将笔锋聚焦于中西方文化冲突带给华裔从种族歧视到身份危机的尴尬境遇。邝丽莎在《上海女孩》里讲述了两个来自上海的女孩珍珠和梅在家道中落后被迫远赴洛杉矶嫁给华裔男人为妻之后的种种经历，身处异国他乡，一切都深感不自在，被家人监视盘问、歧视排挤成为家常便饭，倍感迷茫。一方面，与故乡的疏离反倒让她们更加思念一直以来接受的文化价值；另一方面，她们又在竭力适应和接受新的观念，然而他们却发现，自己始终不能融入主流文化之中。

“八零后”华裔女作家伍绮诗的处女作《无声告白》则将华裔陷入的种族和文化冲撞，以及白人女性遭受的性别歧视统统放在“家”的概念之下。华裔混血的詹姆斯企图融入白人主流社会，白人母亲嫁给了华人的后代，二女儿莉迪亚继承了母亲的蓝眼睛和父亲的黑头发而格外受宠，然后作为全家希望的她却意外死去。白人母亲深埋内心的痛苦、备受种族歧视的父亲在婚姻中的被动和无奈之举都得以揭晓。在美国，血统与肤色直接决定了族群的身份，带有亚裔外貌的黑头发、黄皮肤都成为偏见和歧视的缘由。正像《无声告白》的英文书名 Everything I Never Told You，这些内心的忧惧让他们无处倾诉，无法启齿。

无处不在的歧视不仅被华裔看在眼里，还令西方作家感同身受。法国作家玛格丽特·杜拉斯（Marguerite Duras）在十六岁那年遇见了中国男人李云泰，这是一段刻骨铭心的爱恋，她的小说《情人》就讲述了法国少女和一位中国男人之间的短暂而炙热的爱情，正以此来纪念自己的难以忘怀的经历。杜拉斯的童年时光在印度支那度过，但是身为白人的她却在观念中深植着祖辈延续下来对东方人的歧视，然而与此同时，白人所处的底层阶级游走于社会边缘，富有的中国男人也无法挽救白人少女的绝望。在她的观念中，这位穿着做派西式的黄种人俨然儒雅绅士，贫穷少女一家虽然在经济上低人一等，却在思维方式上有着强权的一面，对东方人的讽刺与侮辱充斥在字里行间，她写道："我不应该爱他，我和他在一起是为了他的钱，我也不可能爱他，他或许可以承担我的一切，但这种爱情不会有结果。因为他是一个中国人，不是白人。"分手离别时，"她虽然在哭，但是没有流眼泪，因为他是中国人，也不应为这一类情人流泪哭泣"这种与生俱来的优越感，以及被扭曲的他者形象也在杜拉斯的其他作品中也有着类似情节。

无论在性别种族、阶级地位上，对于权力与支配的定势思维始终存在，只不过往往习以为常。诗人切斯瓦夫·米沃什（Czeslaw Milosz）在《诗的艺术》如是说："在诗歌的本质最深处存在着粗鄙之物 / 一件我们不知道内心拥有的东西

被披露 / 于是我们眨眨眼，仿佛一只老虎一跃而出 / 站在光芒之中，急速地挥舞着自己的尾巴……”老虎的跳脱即是提醒我们直面那些不足为奇到被忽视，甚至长期以来被误解的观念。

男性的天下：从文学圈到出版业

尽管“人人平等”的观念深入人心，然而隐性的歧视无处不在。美国学者罗伯特·富勒（Robert Fuller）则为此探究其背后的真相，其作品《大人物与小卒子》聚焦于人与人之间级别的歧视，所有“大人物”都曾是“小卒子”，而所有“小卒子”也多少尝过被“大人物”压制的滋味，其中还多少掺杂着级别的滥用，而且在人所经历的不同时期，这两种身份不断轮番登场。从文学圈到出版业，这种等级观念早已司空见惯。

性别歧视在职场上较为常见，尤其是媒体和出版行业对男性的偏爱更为明显，女性在写作上被一向被视为“少数派”，大体有几种原因，一是女作家在人数比例上确实略逊于男作家；二是女作家倾向于意识流、快消费的创作，写作的主题大多聚焦于女性成长、家庭故事等，比起男作家擅长的历史书写在读者看来似乎显得微不足道，而作为经典流传下来的作品相对而言较少，在读者看来，女性写作意在抒怀消遣，她们写作背后的私生活更能吸引读者的关注，而男作家多倾向于职业写作；最关键的是随着年龄的增长，女作家受到个人或者家庭的局限，在作品诞生后若没有下一部，她的名字也会逐渐淡出读者的视线，创作力远不敌男作家。

诗人艾米莉亚·巴萨诺（Emilia Bassano）是英国第一位出版作品的女性，这个“第一”即便在当时也并没有引起多大的轰动，在别人看来，她只不过是名不见经传的小卒写手，直到四百多年后，一部以她名字命名的话剧公演才揭开了她的身份，讽刺的是，这部话剧即是为女艺术家身份的登堂入室而正名所作。女性靠写作获得名利的机会也比男性少，诺贝尔文学奖的女性获奖人数与男性相比简直微乎其微。性别上的歧视在文学圈存在了上百年，还依然存在，读者对男女作家先入为主的态度很大程度上决定了他们在受众之间的影响力。

女作家取得的成功往往被男性所遮蔽和抹杀。她们书写着对世界的态度，而一些人却嗤之以鼻，并以她们的理想作为要挟。世上从来没有公平可言。2017 年 4 月 27 日，中国台湾“九零后”女作家林奕含在住处上吊自杀，随后媒体公开了林奕含父母的声明，证实了书中所写即是女儿 13 岁时遭补习班名师诱奸的真实记录，翻看她生前出版的唯一一部书——《房思琪的初恋乐园》，扉页上的“改编自真人真事”曾刺痛了无数读者。此后的“Metoo（我也是）”，正是女星艾丽莎·米兰诺（Alyssa Milano）等人针对美国金牌制作人哈维·温斯坦（Harvey Weinstein）性侵多名女明星丑闻发起的运动，呼吁所有曾遭受性侵犯女性挺身而出说出自己的经历并在社交媒体引发社会多方关注。2018 年，女诗人、瑞典学院院士卡塔琳娜·弗罗斯滕松（Katarina Frostenson）的丈夫，摄影师让-克劳德·阿尔诺（Jean-Claude Arnault）遭到性侵指控，加之辞职和泄密风波，瑞典学院就此决定暂停颁发 2018 年诺贝尔文学奖，以维护诺贝尔奖长期以来的声誉。

知识分子精神堕落的风气一直延续至今，库切的《耻》、纳博科夫的《洛丽塔》等都有类似情节。在施暴者看来，文学是道德的说客，文学能否为败坏的道德保鲜？而社会只有沉默的苟同，整齐划一中陷入集体无意识的失语。美国诗人、爱荷华创意写作工坊的教授托马斯·塞耶斯·埃利斯（Thomas Sayers Ellis）被指控性侵，《微妙的侵犯：爱荷华作家工坊的野蛮和生存》就记录了一些苛刻的要求以及令人难以置信的不光彩的事情，诸如像禁止女生留长发、教授的暴力行径，老师大打出手拳脚相加，学生互相攻击撕毁作品……长久以来都有一种说法，编造故事的人往往是不被信任的。因此，作家在文字中隐藏自己的声音，一方面来自作家内敛、谦卑的个性；另一方面则是他们对虚构心怀恐惧，质疑的阴霾久久无法消散。如此大男子主义的做派是否源于他们对自身创作的不自信？

作家如此，为他们服务的出版业更是如出一辙。大多数女性从事着机械而毫无创造力的底层基础性工作，行政、编务、校对、会计、助理、秘书……而高层管理者往往都被独占单间办公室的男性所主宰着，男性的晋升速度和空间、工资待遇都优于女性。在大众的观念中，女性是感性的，男性是理性的，因此在公司的宏观把控和管理上，后者更具挑战性。除此之外，在招聘时，女性依然处于劣势，年龄以及是否婚孕都在人力资源的考量范围之内，尽管为避免争议，这些并未在招聘公告中明确提出，这些微妙之举已经成为无须公之于众却让大多数人心领神会的秘密。所谓传达真理的书籍，其背后从文学圈到出版业，从公众人物到工薪阶层，来自种族、性别、身份、阶层等不公平的歧视几乎无人幸免，文本内外千篇一律。

苦中有乐：成为作家的捷径与陷阱

很多人都对作家存在着误解，认为他们在写作上往往畅通无阻，比一般人更信手拈来。托马斯·曼一语道破其中的难言之隐："和其他人相比，写作对某些人而言更加困难，这样的人就是作家。"乔治·奥威尔四岁时写下第一首诗，十一岁开始在报刊发表文章，三十岁完成第一部长篇小说《缅甸岁月》，他从几十年自身创作的经验中梳理出作家创作的四个动机：想要出类拔萃或者为人所知的利己情结，传递历史文化的诉求，施展审美洞察力的欲望以及政治上的期待。然而，文无定法亦有法，作家久而久之与文字相伴左右的过程中少不了回味无穷抑或是一言难尽的写作体验和心得体会，这些不经意的真情流露散落在他们的日记散文、书信对话以及演讲著作里。身兼作家、文化评论人的特拉维斯·埃尔伯勒（Travis Elborough）和海伦·戈登（Helen Gordon）在字里行间捡拾起锦囊妙计，将这些妙手偶得的箴言汇集在了一起。

"成为作家"或许是上天注定，奥威尔从小时候就知道自己长大后会当作家，青春期还努力想要打消这个念头，但终究拗不过命运的安排；“成为作家”也有偶然为之的，村上春树边看棒球比赛边喝啤酒，当击球声响彻全场，他决定写小说，有点当头棒喝的意味。从狄更斯到门罗，从王尔德到 J. K. 罗琳，《成为作家》集合了十八世纪至今二百五十年以来各国小说家和写作大师，这场穿越时空的对话探讨了写作冲动的乐趣和陷阱，它可以作为“成为作家”的试金石，扪心自问是否能踏上这条风景绮丽且崎岖的路，对于已经成为作家的人，《成为作家》即是前辈同行为后世“排雷”扫清障碍的成果，他们满心期待前来求教，有可能遇到被前辈提出警醒“打脸”的情况，他们叮嘱千万绕过的“捷径”，也可能正是当下人处心积虑为自己设下的“障碍”。

构思与启发：从布局谋篇到灵光乍现

万事开头难，一篇小说或者一部作品从酝酿到落笔经历的跌宕起伏只有作家本人最了然于胸，当写作介入生活，万事都要从长计议。对于身兼家庭主妇的女作家更是如此，艾丽丝·门罗在做家务和孩子睡觉的间隙写作，佩内洛普·菲茨杰拉德不得不将写作计划拖延到退休以后。写作在人生每个阶段的安排十分局促，分配到一天中的每个时间更是如此。

从日常起居和通勤中挤出时间留给虚构世界谈何容易，在充斥着杂乱琐碎的时间线里找到个性化的舒适区，包括什么时段适合构思，写作时是否需要饮品作伴侣，何种文具使用得最为顺手等细微的考量。列夫·托尔斯泰和卢梭都习惯在早晨写作，相反陀思妥耶夫斯基喜欢熬夜。菲茨杰拉德在饮品和写作方向有着精确的配比，写短篇小说佐酒，写长篇时则滴酒不沾。托马斯·哈代觉得喝酒误事，对写作百无一用。而当代作家重返写作现场只需戒断网络，屏蔽杂音。

对于村上春树来说，没有比稳定生活基盘更重要的。清晨五点起床、十一点就寝的习惯坚持了二十年，在早上集中精力完成最重要的写作，中午过后听音乐或者读书享受生活，晚上从不赴约。在写作方式上，作家们也是各有一套，杰克·伦敦集中心思打磨一个故事，每天给自己设定写作量。罗贝托·波拉尼奥手上三五篇、十来篇同时开工是常事，在二十多年的创作生涯中收获颇丰。写作进度因人而异，但急于求成往往事倍功半。

在召唤文字的招式套路上，作家们各有妙计，想象派作家认为，应该饱读经典坐等灵感降临，就像约翰·济慈所说的，写作是以沉思得来的知识和经验展开，J. K. 罗琳在挤火车的途中构思出了哈利·波特的形象，威廉·福克纳提倡广泛阅读，垃圾和经典一并吸收，对比之下方能见出差距。在写作领域，洞察力比才华更重要，尤其在不断斟酌并揣摩主人公动向是否合理上考量作家的功力。

体验派作家重视生活经验在文本中的表现，亨利·戴维·梭罗认为没有体会过生活的人无异于徒劳往返。然而除了这两种倾向，还有剑走偏锋者，詹姆斯·乔伊斯坚持认为，写作不应事先准备，故事从个人性情中驱使而来，正如他的“意识流”写法。作家首先是冒险家，在踏上旅程之前一切都是未知数，尽最大的努力，也要做最坏的打算。

进入小说王国，有的作家自带“导航”，只需按图索骥即可。谭恩美会勾勒出故事的整体结构作为秘而不宣的笔记，故事出自作家的构思，如同格雷厄姆·格林认同小说的主人公与作者有着某种相似之处：“他们出自作者的躯体，就像孩子产自子宫，然后脐带被剪断，发育成长，渐渐独立自主。作者越是了解自己的性格，那么他就越能远离他所塑造的人物，主人公就会有更大的成长空间。”然而有时也难逃脱轨的命运，就像很多故事都逃不了烂尾的结局。写到无力处，很多角色只能通过死亡给读者留下印象。为了免除后患，柯南·道尔在动笔写福尔摩斯之前就想好了结尾，谨慎的爱伦·坡建议动笔写任何情节之前都要精心筹划结局。

瓶颈与共鸣：从才思枯竭到妙笔生花

就像在现实生活中偶尔陷入迷茫，在“纸中城邦”亦有迷失的可能。走过失落青春期的玛格丽特·阿特伍德将失败看得习以为常，从失败中学到的东西和成功所获的一样多，她把作家比作掘墓人，背负着一众人投射来的各种情感，需要持之以恒的动力。也有启程就陷入尴尬境地的，在马尔克斯、菲利普·罗斯等作家看来，如何开始非常棘手。就像乔纳森·弗兰岑坦言道：“每当我开始写一本小说，都觉得自己好像从来没写过。”十六岁的斯蒂芬·金收到退稿信无数，故事开始总是令人手足无措，走过最黑暗的时光，后面便逐渐顺遂。如果写不下去了，帕慕克会跳过受阻的地方，随心所欲跳到能写的章节。

欧内斯特·海明威透露他避免创作瓶颈的独家秘籍，“永远在你写得顺的时候停下来，在你第二天动笔之前，不要去操心”。大卫·福斯特·华莱士、伊恩·麦克尤恩在思绪枯竭时从阅读同行的作品中得到启发，在工作台上伏案写作的人不再是黑暗世界的孤独灯塔，也会在众生喧哗中听到回响的共鸣。马尔克斯就是从卡夫卡的《变形记》中找到了小说的窍门，才有了《百年孤独》。

开局举步维艰，结尾更令人揪心。和构思的快感相比，写作和分娩一样痛苦不堪，作为文本的出产者和第一个读者，怀揣着无比憧憬写出的作品，再看时却是满眼伤痕，不忍卒读。乔纳森·斯威夫特分享了他修改作品时的“切肤之痛”：“抹去，改正，添加，完善，扩展，缩减，在行间插入要小心，构思失败的时候，挠挠头，咬咬指甲。”删繁就简的过程无异于割去作家的“心头肉”，唠叨冗长、辞藻华丽不会增色，反而让文本面目全非。

正如查尔斯·布考斯基所说：“糟糕的作家容易有自信，而优秀的作家则容易自我怀疑。”博尔赫斯的许多故事都来自噩梦，而且回想起自己写过的所有书只有后悔，相反有些急功近利者在文本完成后非但不知返工修改，反而忙不迭以写作为名拉拢文学圈子里的同行及评论家，他们过分在意别人的看法，偏离了原本的初衷。无可厚非，艺术家对自己的名声极其敏感，很多人都梦想着自己写出流芳百世的作品并将此作为毕生追求，但很少有艾米莉·狄金森那样拒绝成为世人眼中的诗人，在生前拒绝出版作品，在活着的时候把手稿藏起来，杜绝任何与出版行为相关的名利追求。

在全程加速大功告成之后不可避免有一段茫然期，大卫·

米切尔提议写作者投稿之后不要坐等结果，即刻开工写下一部，如果没有迅速翻篇的打算，亦可学扎迪·史密斯，在完成之后隔一段时间，以陌生人的姿态阅读自己所写的作品。重读的过程中免不了删删改改，卡夫卡经常写三页留一句，海明威总是依靠冰山原则写作，作家通过笔端表现出来的只有八分之一，有八分之七的思想感情是蕴藏在文字背后的。小说或者散文是所有类型的写作中最艰难的，没有参考文献，只依靠一张纸一支笔，就能虚构出让读者信以为真的事情。

写作这个行当看上去很美，入门零成本，随心所欲在哪里都可以实现。然而个中滋味只有作家本人心知肚明，点灯熬夜费力不讨好，自己勾画出的宏伟版图，费尽心机也要写出来，不仅要自圆其说一个故事，还要让读者从中有所启示，甚至让他们信以为真。就像 D. H. 劳伦斯所说的："小说是一种关于生命的光明之书。书籍不是生命，只是以太（Ether 或 Aether 的音译）中的战栗。但小说的这种战栗，可以让所有在世的人都颤抖。"那些让他人之心震撼的小说，其操纵者的内心想必也经历过翻江倒海的变迁。

伪爱好：公共场所里的读书人

出版社曾针对当代读者的阅读状况设计过一个“死活读不下去排行榜”，在对近3000名网络读者的意见进行统计后，得出了一个令人吃惊的结论：《红楼梦》高居该榜榜首。不仅如此，在这份榜单前十名中，中国古典四大名著均位列其中。这无疑引发了如此思考，为何这些经典名著让大多数人难以理解？读书的广度、深度与高度，孰轻孰重？在媒介迅猛发展的今天，读书对于当代人来说还有何意义？

实体书店、阅读领袖、收藏价值……传统纸书舍我其谁

早在2006年，美国北卡罗纳州立大学教授菲尔普迈尔就对纸媒的未来做出了这样的预言：“到2044年，确切地说，是2044年10月，读者将会买走最后一份报纸。”近些年，随着电子阅读的普及，纸媒终结的论断不绝于耳，然而与此形成反差的是，在如此形势下，网络书店在扩张的同时，其线下书店

也如雨后春笋般现身于街头。2016 年初，当当宣布要在三年内开千家线下书店，此言一出便遭受多方质疑，而一年之后的今天，当当 143 家线下书店已遍布全国。除了当当，全球电子书行业翘楚亚马逊于 2015 年在西雅图开设了第一家实体书店 Amazon Books。

如此看来，纸质书及其销售载体并没有随着电子化阅读的兴起而低迷，反而呈现出一种“线上—线下”相呼应的态势。一言以蔽之，线上支付购买，线下实体体验。除了销售模式，亚马逊为实体书店的发展提供了新的思路，在传统书店的转型期，“书店”概念外延在扩张，内涵在不断深化，书店不仅仅局限于购买图书的场所，而是集产品—服务—营销于一体的学院式沙龙。由此可见，纸质书作为文化传承的使命，不仅不会消逝，反而由此衍生出了其他多元化的阅读方式。

时代的更迭也翻新着阅读方式，介质的改变从未阻碍大众的阅读生活。欧洲文化史学家罗伯特·达恩顿（Robert Darnton）在对十八世纪法国文化历史的研究中观照了普通民众和专业作家，又将视角转向到了读者这一最广泛的群体。即使在当下，捕捉搜罗读者的观点也无异于大海捞针，何况是在印刷符号大行其道的十八世纪。复制技术和电子阅读的发展给读者带来快速便捷的同时，也让他们失去了来自书籍“灵光”

的庇护。在十八世纪，来自手工制作的每一本书籍均是独一无二的，于是阅读对于当时的人来说不仅仅局限于对文本的关注，还有对纸书本身质感的体验——指尖轻触纸张，扑鼻而来的油墨香，甚至考量到字体和行间的距离。

阅读本身即是一段揭示异己性的过程，人们在捕捉过往阅读经验时，往往依照现如今的阅读范式去揣测他们的思考和行为习惯，存在着对阅读的狭隘理解和个人执着的刻板印象，忽略了不同时代读者认知度的差距。达恩顿以商人兰森为例，以其个人阅读史揭示阅读在十八世纪的大概风貌。那么当时最受欢迎的是哪些书籍，并且兰森又是怎样阅读的？正是由于倡导启蒙运动的作者引领时代潮流，游记与历史类书籍才因此受到十八世纪图书馆的青睐与热捧。令人惊讶的是，兰森竟然阅读过他所能找到的卢梭的所有作品，其作品《新爱洛依丝》排在十八世纪畅销书之首，甚至还引来大批资产阶级女性读者释放出泪水洪流。作为阅读领袖，卢梭作品究竟有何种魅力营造出如此弥漫感伤浪漫气息的阅读风潮？

事实上，除了透露他自身以及讲述其笔下人物的阅读经验，卢梭还扮演着阅读导师的角色，引导他们如何在文本中游刃有余，营造一种虚拟与现实、生活与阅读暧昧不明的场，引导他们在文本中展开内在交流，实现读者与作家两个生命体穿越时空的对话，并且在潜移默化中接近他所认为的理想读者，但前提是这些所谓的理想读者首先要摆脱文学既定规则与社会上的偏见。这样看来，卢梭是一个反叛者，对于读者的定位来源于他自身对巴黎上流社会浮躁的厌恶，也与狄德罗、达朗伯以及百科全书学派所属的剧院沙龙划清了界限。如他所言："一个人离群索居的时候，他不会为了夸耀自己的阅读而过目匆匆；越是细嚼慢咽，越有机会深思反刍。读书越是不受外来因素的影响，内在的影响也就越深。"

卢梭的书信体写作令读者信以为真，让·雅克伪装着卢梭的作家身份，这样成就了他与读者的直接沟通，同样，卢梭接到的读者来信也自然而然成为他书写体小说的续集蓝本。读者认为他所写是真实存在的，因为他们已经在现实中有过同样的经历。这样看来，在卢梭建立的共鸣王国中，无论是他自身还是他忠实的臣民都拓展开了以文本为基础的想象空间，"他们在满怀浪漫的想象中把脑海里天真的狂乱当作人生哲学"，这即是卢梭式的修辞烙印在读者视野中的影像。

在阅读史上，有好为人师的，也有自娱自乐的。杨绛曾把读书比作"隐身"的串门，要参见钦佩的老师或拜谒有名的学者，不必事前打招呼求见，也不怕搅扰主人，翻开书面就闯进大门，翻过几页就登堂入室，而且可以经常去，时刻去，如果不得要领，还可以不辞而别，或另请高明和他对质。毛姆则偏爱从众所周知的作品深入作家不为人知的经历和个性，再由此转向其作品人物和情节“对号入座”，一众“文坛大咖”在他的调侃中被拖下神坛，他们在小说中批判人性，到头来却被生活算计，在风光掩盖之下是内里的跌跌撞撞。

在毛姆看来，小说的目的在于给人以愉悦，如他所说的，“培养阅读的习惯能够为你筑造一座避难所，让你逃脱几乎人世间的所有悲哀”。在没有任何电子媒介的时代，毛姆一天同时读四五本书，家里各处都摆放着书，随时拿起来读，外出当然也要带上一本，其藏书数量可想而知。比起当代人“买书如山倒，看书如抽丝”，毛姆可谓读者里的赢家。在他看来，读书堪称性价比最高的享受，翻开轻薄的忘忧门，喧嚣渐进静默，唯有书中是清欢。在有限的生命之中享用无尽的书单，看上去兴奋又忧伤。虽有诸如“跳跃式阅读”“小说节选”这样节省时间又不错过精彩的方法，甚至有技艺老道且谙熟读者心理的匠人将作品中那些烦冗的部分去掉，保留精华的核心要义，读者便能最大限度地享受阅读的欢愉，但是极少有小说经得起如此去粗取精。这个问题也曾困扰过毛姆，“我也想找到这么一本书，它能够让我一劳永逸地解决一切疑问。那样我就可以在解决了一切疑问后，放手去构建自己的生活模式”。

“毒舌”毛姆如此戳穿作家的伎俩和创作的捷径源自他庞大的阅读量，对于作家优劣势的评论往往一针见血：莫泊桑小说最大的优点在于弱化叙述，即便如此，故事本身就可以引人入胜，与此同时也暴露了缺点，他笔下的人物缺乏个性化的心理独白；契科夫虽才华出众，唯独缺乏虚构故事的天赋，但他在生活戏剧化上颇有独到之处，而且长期为报纸杂志供稿的经历练就了他在有限篇幅内抓住读者的本事。即便有着不同的创作风格，他们还是殊途同归地指向了生活的真相：“人人皆卑劣，愚蠢而可怜，生活总是令人厌倦而毫无意义的”。作为创作者，毛姆倡导读者即是书的最终评判者，对书的偏好因人而异，没有一部长篇小说是没有瑕疵的，就算是文豪也有失控时，福楼拜《情感教育》中的人物毫无个性难以卒读，亨利·詹姆斯的小说中所有人物都千篇一律以作家自己的口吻和腔调发声。如果通篇溢美之词，那么批评还有什么意义可言？

电子阅读、知识付费、人工智能……当代阅读变形记

阅读传统经典是何时起由盛转衰的？在《为什么读经典》一书中，卡尔维诺揭示了当代读者阅读的弊端：当代读者与传统经典的代沟差距让他们望而却步，阅读趣味仅仅限于同时代

作家所写之作，而这些作者同时兼有读者的身份，他们的阅读范围狭窄化导致写作资源匮乏枯竭，质量远不如往昔，谙熟古典作品的大师随时代的流转而渐行渐远，其次阅读经典需要一定学识基础支撑，而读者的学术背景参差不齐，市面上提供的版本无法满足他们的阅读需求，这正是经典之作在读者之间日渐式微的原因。

也正源于此，拆书解读的知识付费更广泛笼络了大众的碎片化时间，依靠着社交网络的传播速度，满足着读者在有限时间内提升自我学习和娱乐的需求。最早的付费知识就是从传统报纸杂志延伸而来的，2009 年，传媒大亨默多克对《泰晤士报》《华尔街日报》《泰晤士报》在内的一众报刊宣布付费令，通过付费墙（Pay Wall）线上购买阅读。荷兰新闻众筹网站 De Correspondent 在当地的所有收入全部来自订阅会员，网站记者和读者的双向沟通促进了新闻质量的提升，也提供了更多增值服务。英国《卫报》在 2014 年推出付费会员制，根据付费的档次而放开与之相对应的赠书、沙龙、讲堂、工作坊等特权。硅谷最负盛名的付费科技媒体 The Information 成立于 2013 年，以独家披露公司内部深度新闻受到多方关注，一年 399 美元的订阅费价格不菲，反而吸引了更多用户订阅。除此之外，近些年也涌现出不少基于个人爱好的付费课程，学霸与达人在平台上教课，报酬与平台分成，与此同时还能结交志趣相投的网友。

一方面，随着电子化的普及，更多的读者因电子书便于携带而青睐于读屏，Kindle、iPad 都是他们的首选。另一方面，纸质书占用空间，给寸土寸金的住宅空间一定压力。2008 年，香港青文书屋老板罗志华在货仓整理书籍期间，疑遭二十多箱塌下的书本压困，失救致死。消息一出，即在书蠹中引发恐慌，曾经滋养精神的宝库成了威胁生命的隐形杀手。随后不断传出的是，纸质城堡被 Kindle 和其他电子书阅读器攻占，直到 2013 年在美国得克萨斯州圣安东尼奥开办了第一家没有书的公共图书馆：BiblioTech，图书馆分布着上百台平板电脑，持卡者轻触屏幕便可办理借阅。在书架缺席的图书馆，电子书取代了大规模的平装本印刷，书与书架的存在感随之隐匿于数字化设备之中。

让-保尔·萨特（Jean-Paul Sartre）在《什么是文学》中提出了“文学介入”理论，揭露了人的生存处境，

并提出了“介入就是揭露，揭露就是要改变”的观念，也可将这样一种理念引入阅读之中。当读者与书联结，必然会洞察到他们与书之间存在的壁垒，比如知识累积缺失、学科经验匮乏，抑或理解能力不足导致的隔阂。因此，当读者介入阅

读时，便出现了种种障碍，因此“VR+出版”的出现就是消解读者与阅读缺憾的利器，给予读者在有限时间内完美的阅读体验。“人工智能”业已深入各个领域，甚至即将改变人类的生存方式和未来前途。毋庸置疑的是，数字化已经成为当下产业革新的模式，特别是虚拟现实的涌现，立足于多媒体技术，为用户创建出仿真的虚拟环境，打破时空界限，赋予一种在场感和沉浸式体验。VR 的悄然兴起与产业融合不仅仅是商业模式的转变，更重要的是细化了用户的个性化体验，这也是 VR 的市场前景所在。对于出版业，与纸质到数字阅读的提升相比，如今的 VR 将会掀起不同于以往的出版浪潮，VR 视野下打破了媒介之间的界限，影视、游戏、娱乐的多元跨界和加盟让纸质出版物不断增值和立体化，实现了出版形态多样化和转型升级，读者也将近距离感受到知识超链接带来的全方位互动。

可见，电子阅读、知识付费、人工智能甚嚣尘上，无纸化阅读只是有别于纸质书的一种不同形式，像更轻、更易丢弃的平装书，装满电子书的电子书架成为一种视觉的隐喻，而可触摸的书架可能会在将来成为一种复古和怀旧的趣味，濒临灭绝的物种抑或收藏家种草的目标。科技发展是时代的大势所趋，只是当代人的价值取向发生了扭转，正上演着一出“阅读变形记”，过去在纸书里求真理寻八卦，再到如今在社交媒体中打卡作秀和“立人设”，读书渐渐沦为一种纯粹的文化姿态，高科技产生的轰鸣噪声已经难以还原生活的本真，对他者的关照远远超过对自我命运的维护，现代科技所制造的全民欢腾的图景似乎容纳不下沉静思考的空间，在人人手持“iPhone”的时代，“我买故我在，我刷故我在”，曾经“我思故我在”的黄金岁月是否一去不复返了呢？

隐形书架：从行为规训到视觉隐喻

如果说书架上所有书的集合可以反映读书人的价值观，那么书架则更能反映出他在书之外的品位，从书的分类、摆放到“非书”的展示都渗透于书架的构建之中。在这个语境中，书架再也不是一个空空如也之物，而是承载着前人知识和经验聚合的文化符号。

所有书架都展示出其自身与书籍不可阻挡的生命力，作为人类历史中最具适应性、最持久的物质文化之一，每一种书架都反映了各自的生命史和文化特征。从最早的埃勃拉美索不达米亚文明储存楔形文字泥板的书架，到赫里福德大教堂的锁链书架，书架历经了从简陋存放到规训阅读者行为的改造。随着时代的变迁，由于对书架的不同需求，书架经历了巨大的变化。最具代表性的当属1911年落成的纽约公共图书馆，横跨两个街区，超过三百五十万本的图书容纳量以及世界上最大的书架，被冠以全世界图书馆藏和书架规模最为惊人的图书馆。

纽约公共图书馆最为吸睛的莫过于巨型书架支撑起了整栋建筑的中心，钢铁怪兽般的书架无不让人叹为观止，这座专为纽约公共图书馆打造的斯尼德书架成为真正意义上书架与建筑的一体化。如此看来，书架的变异写出了一部人类对书的欲望史，铁链克制了人独自拥有书的欲望，而斯尼德书架的出现又为人类敞开了了解先知的大门，高耸的书架即是图书馆的脊梁，支撑着人类文明的灵魂，同时雕刻出一个时代的文化景观。

不同的书架显示出对文化的适应性，也彰显出了书架的可塑性。斯尼德书架赋予了稳固性，汽车图书馆呈现出书架的流动性，而颇具北欧风情的宜家书架则是将书架完全私人化，无论是建立、改变还是装饰，抑或是增减和破坏，宜家书架为书友提供了构造的积木，根据不同的用途进行组装，个性化的书架往往打破常规，或是与其他家具混搭，或是改造成“非书架”的形式。总而言之，书架让那些坐拥书城，“买书如山倒”的书友们享受到的满足感是那些电子书爱好者所体会不到的。

书架在反复的创造和重塑过程中超越了其本身的意义。就像铅笔并不会因为键盘的出现而被淘汰，书架也并不会因为电子书的风靡而消失。技术的更迭只会影响人类与书籍和书架互动行为的一小部分，纸质书作为文化传承的使命，不仅不会消逝，反而会由此衍生出其他多元化的阅读方式。

非常态：从审美震惊到怪味少数派

词汇变更往往暗含着人类行为的演变，正如“Cult”这个词，它从文化（culture）分离开来，却不曾有过完整的定义，即便如此，也不曾影响它在文化圈的流行，尤其在影迷之间出现频率极其之高，他们追求个性化，观影类型往往不局限于单一一种，或者蔓延着恐怖气氛、充斥着暴力美学以及后人类科幻场景，抑或是变态的虐恋、异装癖等打破社会禁忌，倾向于性与暴力的融合，也正是这种诡异的搭配组合，受众往往仅限于小众圈子，久而久之，“Cult”就有了“怪味少数派”的意味。

在西方人的想象中，虐恋的模式集合了刑罚、宗教、审美等多重元素投射出的有着特殊意味的景象，尖利的刑具和血肉模糊的尸首，传达出身临其境的真实感，这种“非常态”的审美，在大众看来十分血腥，难以接受，然而对“Cult”文化的追随者而言，这些变态的场景也正是让他们乐在其中的，在日本以及西方大多数国家，“Cult”风格的小说和电影随地域文化背景的不同而展现出各自特色，也有着一定的现实意义。

来自东方的恶魔主义：谷崎润一郎与大岛渚

作为二十世纪日本最具个人风格的唯美派文学大师，谷崎润一郎的创作始终离不开对女性的病态追求，而且不断以各种形式进行着变调，他的早期作品沉迷于感官刺激，这来源于他对西方文化的猎奇心理，着重于精神上的嗜虐与受虐，后来在女性崇拜上走入极端，表现为对其不洁与污秽的迷恋。《恶魔》中的主人公佐伯舔舐表妹照子抹鼻涕的手帕以满足变态的性欲，《富美子的脚》将对女性的崇拜发挥到了极致，艺伎富美子用美足抚慰病重的老人，老人濒死时让她踩着自己的脸愉悦地死去。

在其中期作品《少干滋干之母》之中，一代风流贵公子平中爱上了左大臣藤原时平官邸中的女官，平中想方设法找到她令人难以忍受的缺点，以此抵制他无法压抑的爱恋，于是他便想办法去品尝她的排泄物，然而这位女子看透了他的心思，为了让男人为她倾倒，她将众多香料混合做成香气扑鼻的“粪便”。到晚期《疯癫老人日记》则再次从超越伦理的翁媳之恋中彰显对畸形的嗜好，恋足癖作为情感的驱动力在文本中得以再现。

谷崎润一郎一家三代都是町人阶级，社会地位卑微，他们不像武士那样受封建道德的约束，将享乐主义视为人生的终极目标，社会因素造就了年轻时的谷崎润一郎对颓废主义和官能主义的偏爱，因此，他接受了波德莱尔的“以丑为美、以恶为美”的审美视角以及王尔德与世俗背道而驰的观点。波德莱尔在《恶之花》中将丑恶与美相提并论，他所说的“唯美”即是从恶中体现美，也就是披着丑恶的外衣，为展示美提供了另一种可能性，即一种欲扬先抑的审美视角。诸如以对待死亡时的冷静，诠释了日本特有的“物哀”文化，即死为最高的艺术，不仅从容坦然的欣赏毁灭的过程，甚至还要赞美死亡。在丑中寻求美，最终沉沦于原始欲望中。正如他所说的，相较于西方美学的秩序与澄明感，“我们东方人就是在一无所有之处，制成了阴翳，创造了美”。

对于“阴翳”的理解，谷崎润一郎不仅仅停留在生活美学上，还将“阴翳”的概念用于小说创作之中，他的大多数作品均以第三者回忆倒叙手法，彰显出一张私人化的神秘感。《武州公秘话》即是从历史学流传的武州公的形象入手，质疑为何英姿勃发的外表之下隐藏着不安，浮现出难以言喻的阴郁？武州公在少年时期的畸形情愫引发其一生的病态爱欲，受性欲驱使利用自己的弱点使敌人覆亡，委身于秘密和谎言的旋涡却总有好运眷顾，亦为这一段不为人知的“秘话”写下注脚。

武州公变态的性欲来自其年少时的经历，武士阶级男女有别，当时幼年的他不得不作为人质委身于牡鹿城，与她同为人质的少女负责装点首级，也就是清洗整理被砍下的敌人人头，梳齐乱发、化上淡妆以尽量恢复其生前面貌。当他目睹首级整妆的全过程，并没有预想的恐怖，反倒是那处理首级的女性的素手在失去生气的死者皮肤映衬下倍显白皙，异样灵动。

武州公的变态欲望不仅没有止步于此，甚至诞生出更为惊悚的想法：提一个缺鼻首级到女孩面前。他趁着城池一片混乱，潜入敌军营阵，割下并带走了药师寺弹正细致纤巧，颇具贵族气质的鼻子，他利用火把扰乱众人眼目并顺利逃离。少女在他胸口点燃的欲火就此开启了几十年光怪陆离的性生活，对身体缺陷与死亡的迷恋使他对首级上的鼻子陷入了无端的怨念哀愁。武州公一直以谎言掩盖他人性的弱点，鼻子代表着他的秘密，割下它便抹杀了他人格的羞耻与污损之处，也消解了他的怨念哀愁。鼻子在武州公的意识中经历着渐变，除了削减的意义，还有两种隐喻，即生殖器与权力的象征。正是武州公的性欲推进了他在权力上的占有欲，自恋和死的本能赋予他施虐和受虐两种人格，“世上本无善人恶人，亦无豪杰与凡夫”，纵观武州公一生，他的英勇和怯懦、矛盾与妥协均是源于秘密的操控与指使，谎言与真实的交替也内在契合了谷崎润一郎搭建的虚构历史。

谷崎润一郎导演的一场场酝酿着阴谋与情感危机的多重恋情，勾勒出一幅历史画卷中绮丽且秘而不宣的私人生活史，同时揣测男女之间的官能愉悦，即施虐和受虐者切肤之痛的快感，其中也不乏浓郁的日本民族风情，在怪诞与荒谬的光景中阴翳之美与残酷美学轮番上演。东方人的含蓄之美、对爱表达的转折迂回……所有这一切都笼罩在阴翳之下，也正如他对文学的期待，“我们已经失去的阴翳的世界，至少要在文学的领域唤回来。使文学的殿堂庇檐更深，将过于袒露的空间塞进黑暗，剥去室内无用的装饰。

就像武州公所揭示的，生活中有两个悲剧：一个是你的欲望得不到满足，另一个则是你的欲望得到了满足。对于日本导演大岛渚而言，生活的起伏、理想的挫败、职场的沉浮一度使他游走于电影的边缘，然而电影却又给予他思索人性的广阔契机，突破传统的桎梏，以先锋的姿态开启日本新浪潮运动。大岛渚在幻想通往现实的甬道中踉跄前行，途中他亲历亲人与好友的凋零和梦想的破灭，但唯独不变的是追逐光影的初衷，从心怀梦想的无名小卒蜕变为与黑泽明、小津安二郎齐名的巨匠导演，如他所说，“我拍电影，就是因为这样能够抚慰生者和死者的灵魂，同时通过发现我到底是怎样一个人，寻找抚慰自己灵魂的方法……但无论如何，我都会走向担当你我灵魂祭祀的道路”。

人的生命过程是电影语言的基本，电影归根结底是导演品格的表现。悲观和颓废奠定了大岛渚生命的底色：幼年的大岛渚笼罩在死亡的阴影下，亲人接踵离世让他对外长久抑制着自身的悲伤，担负起整个家庭生存的重任。年少求学时遭遇“二战”的失败，求职之路屡遭碰壁，即便如愿进入松竹电影制片厂，却因与同行意见相悖而辞职，然而这样向下的情绪并没有使他走向沉沦。他像深海的鱼，奋力游弋燃烧自己，只为那一丝光芒的迸发。在向死而生的途中，亲友的爱融化了他厌世的悲观情绪，却无法抵抗他对逝者的追忆和思念，在酒精微醺的制幻作用下回溯往日时光，探求生命之外的生命本源。

创作起源于创作者的孤独，却又沉溺于碌碌的徒劳无功之中。二十世纪七十年代，日本颁布了新的著作权法，声明电影著作权不属于作为创作者的导演，而是属于电影公司。作为日本电影导演协会成员之一的大岛渚长达七年的维权之路最终以失败告终。也正是怀着这般的愤懑和郁郁，大岛渚拍摄了一系列具有揭发性的电影，以此揭露整个日本电影界和日本的人性。他看透了内心扭曲的社会，在他看来，深度透析其中奥妙的方法唯有了解人生存的生理状态、本质欲望和行为。只有这样，我们才能把握住与生俱来的生理和心理在现实中是如何被扭曲的。

在肉体和精神的双重压迫下，生活的创伤冲击着大岛渚对常规的态度，即便是惯常象征希望的太阳，在他看来也成为某种残酷环境的隐喻——置身于烈日的照耀下也不得不生存下去的严苛状况以及人们在阳光反射下试图努力生存的愿望。深植于大岛渚导演心中的是两株恶之花——性与暴力，从 1959 年第一部自导自编作品《爱与希望之街》获得“松竹新浪潮旗手”起步，到《青春残酷物语》揭示社会转型期青年的虚无和颓废，再到风靡世界的《感官王国》（该片改编自 1936 年震惊日本的阿部定事件），大岛渚为追求真实感要求演员真正性交，对各种变态性行为毫不避讳直接表达，以极端的视角展现对人的异化的反思，电影中主人公将他们在现实世界中的失落转移到情欲的短暂欢愉中，穿越禁忌抵达死亡。

欲望、暴力、死亡……对于犯罪的迷恋始终贯穿于大岛渚的电影理念中，“在现实生活中，我不是罪犯，但随着电影里的犯罪行为不断升级，我梦中的犯罪场面也逐渐变得血腥，毫无例外都是从包括性变态行为在内的大虐杀开始”。对犯罪人物和背景的勾勒成为他批判人性，思索个体生存状态的方式，他甚至认为“拍电影就是一种犯罪行为”，导演若不考虑电影市场就是犯罪，而他还要将自己的思想灌注进电影里，就更是犯了大罪。作为电影作家，大岛渚的创作始终背离传统轨迹，试图弥合现实与虚构的鸿沟，如同灵魂祭司手持火把的倒影，照亮真实的存在。

来自西方的黑暗传说：从百变小红帽到爱伦·坡

小红帽的故事人尽皆知，这个天真无邪的可爱形象陪伴着孩子们进入梦乡，然而他们不曾知道，如邻家女孩的小红帽被成人世界篡改成了几百个版本，被色情与暴力充斥着的剧情完全背离了原本的童话故事。现有的诸多版本在情节设置上显现出各种差异，在美国学者凯瑟琳·奥兰斯汀（Catherine Orenstein）的专著《百变小红帽：一则童话中的性、道德及演变》

中有更详细的探讨，她认为，“它们（童话）记载的不只是广泛人类经验的基本要素，更是每天和每个时代特殊事物的详情，也表达了人类集体想法的真理，即使这些真理会不断改变。童话部分的魔力就在于不只能隐约了解当地，且能记录历史”。

因此，小红帽的形象被作家学者打扮得越发成人化，在她单纯的外表下隐藏着诸多与人类学、社会学相关的母题，法国诗人佩罗曾在 1697 年出版的《附道德训诫的古代故事》（也成为《鹅妈妈故事集》）之中首次撰写了法文版的《小红帽》，为了迎合骄奢淫逸的王公贵族，小红帽与野狼一同躺在棉被里，脸上露出娇羞的红晕，在他的笔下小红帽失去了贞洁，在性暗示的同时也对当时的女性发出一定的道德警示，时至今日，“狼”这个词还在指代对女性有企图的好色男性。

到了二十世纪，小红帽的角色登上了夜总会的舞台，在画家埃弗里的笔下摇身一变成为众人瞩目的好莱坞脱衣舞娘，野狼扮成绅士模样，色性不改拜倒在性感身材的小红帽裙下，凸显出人类的性欲。现代小说家也从《小红帽》中取材，将其改写成性虐待的情节，然而在时尚广告人的操刀下，小红帽和野狼的形象再度翻转，小红帽变得越来越淫荡，而野狼却越来越温顺，以至于成为同性恋的象征，那张伪装的狼皮只不过是穿了衣服的“男人”，这也暴露了异装癖的本性。

马克·布洛克曾有言：“好的历史学家就像传说中的‘食人魔’，不论在什么地方都能闻到人体的气味，他知道在哪个地方他会找到他的猎物。”从二十世纪六十年代，新文化史即微观历史研究的潮流逐渐兴起，尤其是在对十八世纪法国文化历史的研究上，罗伯特·达恩顿（Robert Darnton）就是这样的一位猎奇者和探险家，因而促成了一部另类文化史——《屠猫狂欢》的诞生，它游走于心灵史晦暗不明的丛林间，在个案文本中的幽暗处探求异己性质的文化脉络：从印刷工人孔塔所记录的屠猫狂欢中揭示工人阶级困境和被压抑的情感以及与资产阶级难以调和的矛盾。

正所谓没有文字的民族并非没有文化，农夫作为传统农业社会的主体，他们所拥有的文化正是这些口头文学和民间故事，而且处于不同时代和背景下的他们在对故事的虚构与改造中也透露出对生活的隐忧。如果对小红帽故事的分析仅仅局限于精神分析学，也就忽视了小红帽故事产生的历史根源。小红帽和灰姑娘都是贫穷、弱势的代名词，而达恩顿以民间故事为开篇旨在以人类学的观照阐释农民的理想，即人与食物的危机。这种对立持续升级，印刷工人大规模地展开屠猫仪式。猫是魔力的附身，它的眼睛好像能看出人类的本质，它的叫声仿佛人的哭声。在黑暗的中世纪，虐猫成为一种象征和仪式，可以想象，曾被太阳和月亮争宠的尤物，粗人读不懂它可疑的神情，以至于经历了几个世纪，猫无缘无故背负了太多的非议。

如此看来，这些变态和色情的变调隐喻都有所指向和现实意义。美国文学史上最有影响的作家之一爱伦·坡的作品也是如此，用象征与重复叠加的手法营造出死亡与怪诞，然而恐怖的气氛中也不乏浪漫主义色彩。他擅长深入神秘莫测的潜意识并截取人性的阴暗，营造一种心理的恐惧感，令人不寒而栗。《厄舍古屋的倒塌》中，精神恍惚的罗德里克将疾病缠身的妹妹玛德琳钉在棺材里，在一个雷电交加的夜晚，妹妹从棺材中挣扎而出，与哥哥一同死在坍塌的老宅中。

在《反常之魔》中，施暴者利用受害人睡前阅读的习惯精心策划了一起谋杀，“反常之魔”即是不为人所知的黑暗的一面，最终以冲动和极端的行为显露出来，犹如魔鬼附体一般。正如在小说中一种超自然的力量控制住施暴者的感官，逐渐使其走向自我毁灭，叙述者最后成为受害者以第一人称，平静地道出所发生凶残与邪恶，虽然躲过了法律的惩罚，却难逃内心的不安，释放负罪感，其中也有忏悔和谴责。《泄密的心》也是如此，精神变态的人无法与邻居老头过分的凝视而杀人，将尸体肢解塞入地板，当警察来盘问，他似乎听见了老头的心跳，不得不认罪。这也是爱伦·坡小说的独到之处，通过揭示负面，在拷问人性的弱点和良知之间寻求着道德层面上的反差，其中也有善恶终有报的意味。无论文学阐释，还是电影、戏剧中的视觉传达，“非常态”起初吸引来的目光即是来自感官的刺激，这只是它的噱头，更多的则是赋予观者关于人性的反思。

图书在版编目（CIP）数据
21世纪的精神孤岛——我们和我们的精神世界 / 刘晗著.
—北京：中国工人出版社，2020.12
ISBN 978-7-5008-7566-6
Ⅰ.①2…　Ⅱ.①刘…　Ⅲ.①散文集－中国－当代　Ⅳ.①I267
中国版本图书馆CIP数据核字（2020）第245688号

21世纪的精神孤岛——我们和我们的精神世界

出 版 人	王娇萍
责任编辑	左　鹏　孟　阳
责任印制	黄　丽
出版发行	中国工人出版社
地　　址	北京市东城区鼓楼外大街45号　邮编：100120
网　　址	http://www.wp-china.com
电　　话	（010）62005043（总编室） （010）62005039（印制管理中心）
发行热线	（010）62005996　82029051
经　　销	各地书店
印　　刷	三河市国英印务有限公司
开　　本	880毫米×1230毫米　1/32
印　　张	7.875
字　　数	200千字
版　　次	2021年1月第1版　2022年12月第2次印刷
定　　价	58.00元